LOCUS

LOCUS

LOCUS

LOCUS

mark

這個系列標記的是一些人，一些事件與活動。

mark 063

再給我一天 For One More Day

作者：米奇・艾爾邦（Mitch Albom）
譯者：汪芸
責任編輯：陳郁馨
法律顧問：董安丹律師、顧慕堯律師
出版者：大塊文化出版股份有限公司
台北市105022南京東路四段25號11樓
www.locuspublishing.com
讀者服務專線：0800-006689
TEL：(02)87123898 FAX：(02)87123897

郵撥帳號：18955675
戶名：大塊文化出版股份有限公司

總經銷：大和書報圖書股份有限公司
地址：新北市新莊區五工五路2號
TEL：(02) 89902588 FAX：(02) 22901658

ISBN 978-986-7059-72-7
初版一刷：2007年3月
初版三十二刷：2023年5月
定價：新台幣250元

Printed in Taiwan

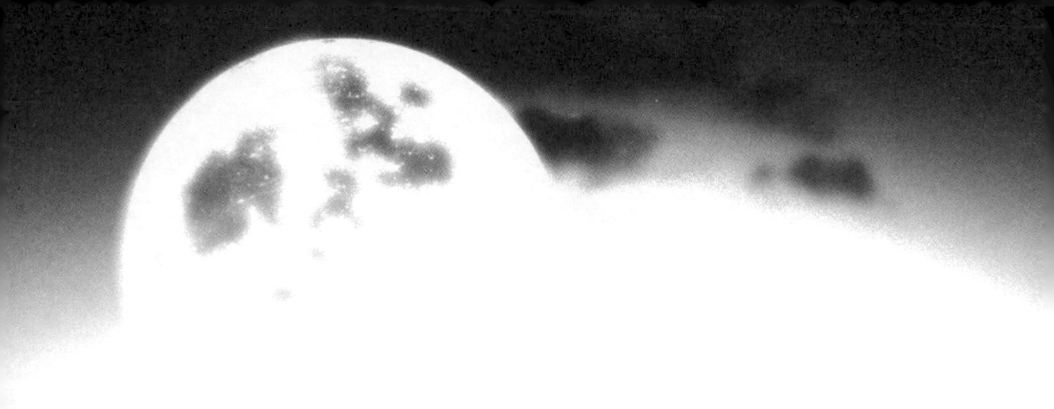

再給我一天

for one more day | Mitch Albom

著 米奇・艾爾邦
譯 汪芸

讓我猜猜看。你想知道我為什麼要自殺。

——奇克・伯納托對我說的第一句話。

開始

這是一個與「家」有關的故事。故事裡會談到一個鬼魂，所以你可以稱它為鬼故事。然而每一個家庭都是一個鬼故事。死去的人儘管離逝多年，卻仍然坐在我們的餐桌旁。

這個特別的故事，屬於查爾斯（奇克）・伯納托。他不是這個故事裡的鬼。他是非常真實的。我在一個星期六的早晨，在一座小聯盟球場的露天看台上發現了他，那時他身穿深藍色風衣，嘴裡嚼著薄荷口香糖。也許你記得他以前打過棒球。我當過一段時間的體育作家，因此從好幾個層面來說，這個名字都讓我感到熟悉。

現在回頭看，遇見他真是命中註定的事。那天，我先去了派普維爾灘，處理掉一座小屋，那小屋在我家名下好多年了。回程，前往機場的途中，我停下來喝杯咖啡。街對面有座球場，穿著紫色T恤的小孩在練習投球與打擊。我還有時間，便晃上前去。

我站在本壘後面，手指扣住鐵絲網圍籬。一個老人操作著割草機，駛過草地。他曬得很黑，滿臉皺紋，嘴裡叼著半根雪茄。他看到了我，便關掉割草機，問我是否有子女在那邊打球。我說沒有。他問我在這裡幹什麼。我告訴他房子的事。他問我從事什麼工作，我犯了個錯誤，也告訴了他。

「哦，作家是嗎？」他嚼著雪茄說。他用手指向一個人影，這人背對我們，獨自坐在看台的位子上。「你應該找那傢伙談談。他的故事夠精采的。」

這種話我聽多了。

「是嗎？是怎麼樣的故事？」

「他打過職棒。」

「喔。」

「我想他打過世界大賽（World Series）。」

「喔。」

「而且他自殺過。」

「什麼？」

「對。」這老人抽吸了鼻子一下：「我聽說，他是因為運氣太好，才沒死成，又活了下來。奇克・伯納托，這是他的名字。他母親以前住在附近，珀希・伯納托。」他格格笑著說：「她很瘋。」

他把雪茄往地上一丟，用腳踩熄它。「要是不相信，你可以上前去問他。」

他走回割草機。我鬆開手。鐵絲網生銹了，幾點鐵屑從我手指落下。

每個家庭都是一個鬼故事。

我走向看台。

以下寫的，是那天早上查爾斯（奇克）・伯納托對我說的話——這段談話後來持續了很長一段時間——另外加上了後來我找到的他的私人短箋和幾頁日記。我把上述那些資料組合成以下的故事，用他的口氣來說，因為你假如不是聽到他用自己的口氣來說這個故事，我不確定你會相信它。

也許，你怎麼樣都不會相信。

但是請你捫心自問：你是否曾經失去心愛的人，你渴望能與對方再說一次話？你以為心愛的人會永遠在身邊，而今你希望能再得到一次機會，讓你彌補失去的時光？如果是這樣，你就會知道，你可以把餘生用來珍藏各種時光，但它們都比不上你想重拾卻再也要不回來的那段時光。

如果你重新得到那段時光，會發生什麼事？

第一部　子夜

奇克的故事

讓我猜猜看。你想知道我為什麼要自殺。

你想知道我是怎麼活下來的。我為什麼消失。這段時間我都到哪裡去了。但是，你最想先知道為什麼我要自殺，對不對？

沒關係。大家都一樣。他們用我來衡量他們自己。這就像世上某一處畫了一條線，如果你從來沒有越過這條線，你絕對不會想要從高樓往下跳，不會想吞下一整瓶藥丸——但如果你越過線了，你也許想這麼做。他們覺得我越過了這條線。他們問自己：「我會不會哪天也走到像他那麼接近這條線的地步？」

說真的，沒有這麼一條線。有的只是你的人生，你如何把人生弄得亂七八糟，以及到時候誰會來救你。

或者誰不會來救你。

回顧過去，我開始一點一點拆解我母親去世那天的經過。她走的時候，我不在她身邊，而我應該在的。因為我說了謊。這樣做很糟糕。喪禮不是保得住秘密的地方。我站在她墓碑旁，拼命要自己相信這不是我的錯。這時，我那十四歲的女兒握住我手，輕聲說：「爸，我很難過你沒有機會對她說再見。」就這麼一句話。我當場崩潰。我哭著跪了下來，潮濕的青草弄髒了我的長褲。

喪禮結束後，我喝得爛醉，在家裡長沙發上昏了過去。然後事情就變了。某一天發生的事，足以讓你的人生轉向，而那一天就毫不留情地使我的人生急轉直下。我小時候，母親什麼都要管——各種建議與批評，一整套令人窒息的媽媽經。有時我真希望她不要管我。

而她這下子就不管我了。她死了。不再互相探視，打電話。我並未察覺到我開始漂蕩，彷彿我的根被拔了起來，彷彿我沿著一條河的支流往下漂。母親會支撐起某些有關子女的錯覺。我的錯覺之一是，我喜歡那時候的自己，因為她喜歡那時候的我。她一去世，這個概念也跟著消失。

事實上，我一點也不喜歡我自己。在我心中，我仍然把自己看成一個前途無量的年輕運動員。但我不年輕了，也不是運動員了。我是個進入中年的推銷員。我的前途早就成為過去。

我母親去世一年後，我做出了這輩子最愚蠢的理財決定。我聽從了一個女推銷員的話，做了一項投資。她很年輕，相貌美麗，態度自信又活潑，上衣兩顆釦子沒扣，敞開到胸口。當這種女生走過一個上了年紀的男人身邊，會使他滿懷怨氣——除非她找他說話。這時，男人的腦筋就會變笨。我們見了三次面，討論這項投資：兩次在她的辦公室裡，一次在一家希臘菜餐廳，沒有不恰當的事情發生，但是當她的香水使得我恢復清醒後，我已經把絕大部分的存款花在一種現在已一文不值的股票基金上。很快她就被「轉調」到美國西岸。我卻必須向我太太凱撒琳解釋這筆錢的去向。

這件事發生後，我酒喝得更多了——我那個時代的棒球球員都愛喝酒——而喝酒變成我的問題，最後讓我兩度遭到解雇，失去推銷員的工作。被人家炒了魷魚，我繼續喝酒。

我的睡眠狀況糟透了。我的三餐糟透了。我光是站直了都好像在衰老。後來我好不容易找到了工作，我把漱口藥水和眼藥水藏在口袋裡，好在會見客戶之前衝到洗手間打點自己。錢也成了問題。凱撒琳和我經常為錢吵架。隨著時間過去，我們的婚姻逐漸瓦解。她對於我的痛苦慢慢感到厭倦，我也不怪她這樣。當你討厭自己，你也會惹人厭，甚至你愛的人也會開始討厭你。有一天晚上，她發現我倒在地下室裡，我嘴唇割破了，懷中緊抱著一只棒球手套。

不久我便離開了家人——或者該說是他們離開了我。

對於這件事，我羞愧到說不出口的地步。

我搬到一間公寓裡。我變得獨斷獨行，對人冷漠。誰不跟我喝酒，我就不和他往來。倘若我母親還在世，或許能找出方法來靠近我，她向來擅長這麼做。她會握住我的臂膀說：「查理，好啦好啦，發生什麼事啦？」但是她不在了。父母去世後，事情就會變這樣：你每一次要打仗時，不再覺得背後有力量支撐著你，而是每一次都覺得自己孤孤單單上場。

十月初的一天晚上，我決定自殺。

也許你感到驚訝；也許你覺得，像我這樣的男人，一個打過棒球世界大賽的男人，決不會淪落到要自盡的地步，因為這些人再怎麼說都擁有那個叫做「美夢成真」的玩意兒。假如你這樣想，你就錯了。夢想實現後，你只會緩慢得到一種逐漸化開的領悟，發現夢想與你原本料想的不一樣。

而且它不會來拯救你。

給了我最後一擊並把我推出邊界的——你聽了會覺得怪——是我女兒的婚禮。我女兒今年二十二歲，留一頭長而直的頭髮，跟她媽一樣是栗子色，嘴唇也和她媽媽一樣豐潤飽滿。她在一場下午的婚禮中嫁給一個「好男人」。

我只知道這些，因為她信上只寫了這些；這封簡短的信，在婚禮過後幾星期才寄到我住的公寓。

顯然，我的酗酒、憂鬱問題和素來的惡劣行為，使我變成一種端不上枱面的丟臉事物，可能會破壞一場家庭儀式。於是，我沒收到邀請，只接到這封短信和兩張照片，一張是我女兒和她的新婚丈夫，兩人緊扣十指站在樹下，另一張是這對快樂的新人舉起香檳酒杯互相祝福。

第二張照片擊垮了我。這種未經安排的快照，捕捉到了永遠無法重複的一瞬，他們倆在談話間開懷大笑，兩人互相輕碰酒杯。如此純真，如此年輕，如此……過去式。這張照片彷彿在嘲弄我的缺席。**你不在場**。這個我見都沒見過的男人，我的前妻認識，我們以前的朋友認識。**就是你不在場**。我再一次在一個重大的家族事件裡缺席了。這一次，我的小女孩不會握住我的手，給我安慰。如今她屬於另一個人。他們沒有問我意見。他們只是通知我。

我看著信封，在寄件人的地方寫著她新冠上的姓氏（她現在是瑪麗亞・藍恩，不是瑪麗亞・伯納托了），卻沒有地址（為什麼？他們怕我登門造訪嗎？）。我心裡有個什麼東西在往下沈，沉得很深很深，深得我再也找不到它了。你被排除在你獨生孩子的生命之外，你覺得有一扇鋼鐵的門鎖上了。你用力敲門，但是他們怎麼樣也聽不見。覺得沒有人聽你說話，這是放棄的第一步；而放棄是自殺的第一步。

就這樣，我想要自殺。

與其說，活著有什麼意義？還不如說，活與不活有什麼差別？

他跌跌撞撞回到上帝面前，
他歌寫了半首，作品作到中途，
誰知他傷痕累累的腳踏過哪些道路，
他贏得了哪些起伏的寧靜或痛苦？

我希望上帝露出了笑容，握起他手說：
「你這逃課的學生、癡愚的傻子！
生命之書難以領悟：
你爲何在學校裡待不住？」

湯恩（Charles Hanson Towne）

（這是在奇克・伯納托留下的筆記本裡找到的一首詩）

奇克想結束一切

女兒的那封信在星期五寄到，這就讓我順勢在週末裡大喝特喝，但過程如何我現在記不得了。星期一早晨，我花很長時間洗了冷水澡，但我進公司時仍然遲了兩小時。我走進辦公室，坐不到四十五分鐘就撐不下去了。我頭痛欲裂。這個地方好像墳墓。我溜進影印室，然後走到洗手間，然後走向電梯。我沒有帶外套或公事包，如此，萬一有人注意到我的行動，會覺得我看起來很正常，而不是費盡心思要離開。

這樣做實在愚蠢。沒有人在乎。這是一家大公司，雇有多位推銷員，少了我，公司照樣能生存；而今我們知道，從電梯走到停車場的這段路，是我雇員生涯的最後一幕場景。

然後，我打電話給我前妻。我用的是公共電話。她在上班。

「為什麼？」我在她接起電話後問她。

「是奇克嗎？」

「為什麼？」我又說一次。我的憤怒積了三天，像泡沫一樣滿溢出來，但我只說得出這麼一句：「為什麼？」

「奇克。」她的口氣轉為柔和。

「就算是邀請我也不行嗎？」

「這是他們的意思。他們覺得這樣——」

「這樣是怎麼樣？這樣比較安全嗎？他們覺得我會做出什麼事嗎？」

「我不知道——」

「我成了怪物？是這樣嗎？」

「你在哪裡？」

「我是怪物嗎？」

「別說了。」

「我要走了。」

「聽我說，奇克。她不是小孩子了，如果——」

「你就不能站出來為我說一句？」

「對不起。情況很複雜。還得考慮他的家人。他們——」

「你現在有男朋友了？」

「哦，奇克……我在上班，拜託？」

這一刻，我覺得寂寞。從來沒有過的寂寞感，彷彿匍伏在我的肺臟裡，把一切壓碎，只剩薄薄的一絲氣息。無話可說了。對這件事沒話說了。對任何事都沒有什麼話可以說了。

「沒關係。」我低聲說：「對不起。」

她沉默了一會兒。

「你要去哪裡？」她說。

我掛上電話。

然後，我喝醉了，最後一次喝醉。我先去一個叫「泰德先生酒館」的地方，這裡的酒保是個有張圓臉的瘦削年輕小夥子，可能不比我女兒嫁的那個人年紀大。稍後，我回到我住處，又喝了一些。我把傢俱推得天翻地覆。我在牆上亂寫一通。我想我恐怕是把那兩張結婚照丟進垃圾桶裡了。深夜某個時刻，我決定回家，這意思是說我要回派普維爾灘，那是我長大的地方。開車到派普維爾灘需要兩小時，但我好多年沒回去了。我在公寓裡轉圈子，躊躇徘徊，彷彿在為上路做準備。一趟道別之旅並不需要多做準備。我走進臥室，打開抽屜，拿出一把手槍。

我踉踉蹌蹌，走進車庫，找到我的車，把槍放進儀表板下方的貯物廂裡，又扔了件夾克到後座，或者是前座，也許這件夾克本來就在車上，我不知道。我把車開上馬路，車胎劃過路面，發出尖銳的聲音。整座城市很安靜，路燈閃著黃光，而我將要在我生命開始的地方，把它結束掉。

跌跌撞撞回到上帝面前。就是這麼簡單。

我們光榮宣布
查爾斯・亞歷山大　誕生
體重八磅十一盎司
生於一九四九年十一月二十一日
萊諾和寶琳・伯納托　謹此

（奇克・伯納托留下的一張卡片）

（譯註：西方人在新生兒誕生後，會寄出寫有新生兒的生日、體重和身高的卡片給親友。）

這天夜裡很冷，下著微雨，但是高速公路一片空蕩蕩。我把四線車道都用上了，隨意蛇行。你會想，你會希望，像我這樣酒醉駕車的人會被警察攔下來。但是沒有。有一刻，我甚至滑向一家二十四小時營業的便利商店，向一個留著稀疏八字鬍的亞洲裔男子買了半打啤酒。

「要買樂透彩券嗎？」他問。

多年來，我學會了在被擊垮的時候還能維持正常運作的外表——一個如常行走的酒鬼——此刻，我假裝思索了一下。

「這次不買。」我說。

他把啤酒放進袋子裡。我看到他的目光，兩隻無神的黑眼睛。我對自己說：「這就是我在地球上看到的最後一張臉孔。」

他從櫃檯那端把零錢朝我這邊推過來。

當我看到路標顯示我家鄉已近，「派普維爾灘，離出口1英哩」，這時兩罐啤酒又下了肚，另一罐在右邊前座上灑得到處都是。雨刷砰砰作響，我努力保持清醒。我一定是一直想著「離出口1英哩」而恍惚了，因為不久後我看到前往另一個城鎮的路標，這時才發現我錯過了出口匝道。我重重拍打儀表板。我掉轉車頭，就在那裡掉轉，在高速公路正中央逆向行駛。來往的車子不多，就算車多我反正什麼也不在乎了。我朝家鄉那個出口駛去，猛踩油門。很快的，一道斜坡映入眼簾——這是上高速公路的匝道，不是下高速公路的匝道——我的車發出尖銳的聲響，衝向這條匝道。路又長又彎，我把方向盤鎖在轉彎的角度，快速向前，沿著路轉彎。

突然間，兩盞太陽般的大燈照著我的眼，照得我什麼都看不見了。然後，卡車的喇叭轟然響起，一陣劇烈搖晃的撞擊。我的車飛過路邊堤防，重重著地，摔落山坡下。到處都是玻璃碎片，啤酒罐來回撞擊。我死命抓住方向盤，車子被一股力量往後猛拉，把我從駕駛座上彈起來。我摸索著找到開車門的門把，用力扯它。我只記得眼前閃過的畫面是漆黑的天空和綠色的雜草，還聽到一種類似打雷的聲音，有個結實的東西在高處撞上了什麼而碎落於地面。

我張開眼睛，發現自己躺在濕涔涔的草叢裡。我車子的一半車身埋在一塊歪七扭八的廣告立牌下面。這塊由本地雪佛蘭汽車代理商所立的廣告牌，想必是被我的車撞毀的。我一定是在車子撞上廣告牌之前，就被拋出車外了。就物理學來說，這是不合常理的狀況，我無法解釋這件事。想尋死的時候，老天反而保你一命。誰能解釋這是怎麼回事？

我費盡力氣，慢慢站起來。我的背濕透了，全身作痛。還在下著小雨，不過四周一片靜謐，只聽到蟋蟀唧唧叫。一般來說，在這種時刻，你會說：「真高興能保住性命。」但我不能這麼說，因為我並不高興。我抬眼望向高速公路，在霧中，我隱約看出了那輛卡車的輪廓，它像巨大而笨重的船隻殘骸，車頭扭曲，彷彿它的頸子被應聲折斷。引擎蓋冒出陣陣煙霧。有一顆車頭燈還亮著，射出一束孤獨的光，照向泥濘的山坡，把玻璃碎片映照得彷彿鑽石般閃爍發光。

司機哪裡去了？還活著嗎？有沒有受傷？流血了嗎？還有呼吸嗎？夠勇敢的話，當然就該爬上去察看一番，但是此刻勇敢並不是我的長處。

因此，我沒有過去察看。

我不但沒有上前察看，反而把手放在身體兩側，轉向南方，朝我家鄉走。這麼做不是什麼光榮的事，但我當時一點也不理性。我行屍走肉，像個機器人，完全不為別人著想，也不考慮我自己——事實上，我最不在乎的就是我自己。我忘了我的車，忘了那輛卡車，也忘了還有那把槍。我把它們拋在身後。我的鞋子踩在碎石子上，軋軋作響，我聽到蟋蟀笑出聲來。

不知道走了多久。總之我走了好久好久，走到雨停了，天空泛出黎明的第一道微光。我來到派普維爾灘的外圍，這裡有個地標，一座生銹的大水塔，位於棒球場後面。在我生長的這種小鎮，爬上水塔是一種成長儀式。以前，每逢週末，我那群打棒球的同伴和我，經常在腰裡塞一罐噴漆，爬上這座水塔。

現在，我又站在水塔前，渾身濕透，人已老，人生失意，成了個醉鬼——我應該加上一句，我說不定還是殺人兇手，或者該說我懷疑自己是殺人兇手，因為我根本沒有看到那個卡車司機。這不重要，因為接下來我要做一件我沒有動用大腦就決定的事：我打定主意，要讓今夜成為我生命中最後一個夜晚。

我摸索到梯子最底部的一階。

我開始往上爬。

我花了一些時間，才爬上以鉚釘固定著的貯水槽。攀上頂端後，我癱在狹小的通道上，呼吸困難，猛吸著空氣。在我混亂的腦海深處，有個聲音在斥責我，怎麼會變得如此狼狽不堪。

我看向下方的樹林。林子後面，我看到我小時候跟著父親學會打棒球的球場。現在看到它，還是會勾起悲傷的回憶。你到了如此殘破的地步，無法相信自己曾經是個孩子，但童年怎麼樣都不放過你。為什麼童年會這樣呢？

天空漸漸亮了。蟋蟀叫得更響了。我眼前閃過一段回憶，想起女兒瑪麗亞很小的時候，我用一隻手臂環抱著她，她睡在我胸口，她皮膚帶有痱子粉的味道。然後我看到現在這個自己，渾身濕透又污穢不堪，衝進她的婚禮現場，這時音樂暫歇，人人露出驚駭表情，尤其是瑪麗亞。

我垂下頭。

不會有人想念我。

我跑了兩步，抓住欄杆，猛力把自己的身軀拋下去。

以後的事情，我無法解釋。我是撞上了什麼東西，又是如何保住性命，我都無法告訴你。我只記得扭動、折斷、擦撞、彈開、刮擦，以及最後「砰」一聲落地。我臉上這些疤痕怎麼回事？我想就是這麼來的。好像過了很長一段時間，我才落到地上。

我張開眼睛，身邊都是折斷的樹枝。許多石頭壓住我的肚子和胸口。我抬起下巴，看到了這幅景象：我年少時代的球場出現在晨光中，我看到球場兩側的球員休息區，以及投手的踏板。

我還看到我母親，我去世多年的母親。

第二部　早晨

奇克的媽媽

我父親曾經對我說：「你可以當媽媽的兒子，也可以當爸爸的兒子。但是你不能兩個都當。」

於是我當了爸爸的兒子。我模仿他走路的樣子。我模仿他帶著菸味的低沈笑聲。我隨身攜帶一只棒球手套，因為他喜歡棒球。我接下他投過來的每一顆硬球，雖然有些球把我的手震得發痛，痛得我差一點大叫。

放學後，我會跑到他開設在克萊夫特路上的酒品販售店，在那裡待到晚餐時間，窩在儲貨室裡玩著空紙箱，等他下班。我們一起坐上他的天藍色別克轎車回家。有時我們坐進停在門前車道上的車裡，他抽著切斯特菲德牌香菸，一面聽廣播新聞。

我有個妹妹叫蘿貝塔，那段時間，她去哪裡都要穿粉紅色芭蕾舞鞋。我們在鎮上餐廳吃飯時，我母親會拉著她走進「淑女」洗手間——她粉紅色的腳滑著走過地磚——我父親則帶我進入「紳士」洗手間。在我小小心靈裡，我覺得這是人生分派的任務：我跟著爸爸，妹妹跟著媽媽。淑女的。紳士的。媽媽的。爸爸的。

一個屬於爸爸的兒子。

我是一個屬於爸爸的兒子。我就這樣當著我爸的兒子，直到小學五年級的春天那一個萬里無雲的炎熱星期六早晨。那天我們說好要去觀賞一場對抗聖路易紅雀隊的聯賽。紅雀隊員身穿紅色羊毛制服，由康諾斯水管公司贊助。

陽光把廚房照得暖洋洋，我穿上長長的襪子，拿起棒球手套，見到我母親坐在餐桌旁抽菸。母親本是個美女，但那天早上她看起來並不美麗。她咬著嘴唇，把眼光從我身上移開。我還記得廚房裡飄出吐司烤焦的氣味。我以為她是因為早餐弄砸了而不高興。

「我吃穀物脆片就好。」我說。

我從碗櫃裡拿出碗。

她清了清嗓子，說：「親愛的，你的球賽幾點鐘開始？」

「你感冒了嗎？」我問。

她搖搖頭，用一隻手扶住臉頰。「你的球賽幾點鐘開始？」

「我不知道。」我聳聳肩。這時我還沒有戴錶。

我拿出盛在玻璃瓶裡的鮮奶，拿出一大盒玉米脆片。我把玉米脆片倒得太快了，有一些從碗裡彈了出來，掉在桌上。母親把掉落的脆片拾起來，一次一片，放到她自己手心上。

「我帶你去。」她低聲說：「不管球賽幾點開始。」

「爸為什麼不能帶我去？」我問。

「你爸不在這裡。」

「他去哪裡了？」

母親沒有答話。

「爸什麼時候回來？」

母親緊握住玉米脆片，它們碎成了粉屑。

從那天起，我成為媽媽的兒子。

此刻，當我說我看到死去的母親，我說的就是這個意思。她站在球員休息室旁邊，身上穿著淡紫色外套，手裡拿著錢包。她什麼也沒說，光是看著我。

我努力朝著她的方向把我身體撐起來，但是一陣劇痛穿透我肌肉，我又躺了回去。我腦子想要大聲叫出她名字，喉嚨卻發不出一絲聲音。

我垂下頭，兩手互握。我用力再推一次；這一次我把身體從地上撐起了一大半。我往前看。

她不在了。

我不期望你相信我。非常瘋狂，我知道。你不會見到死去的人。你不會有這種訪客。你不會在抱著必死的決心從水塔往下跳之後還能奇蹟般的生還，然後看到你親愛的已離開人間的母親拿著錢包站在棒球場的三壘線上。

你正在想的事情，我都想過了。一種幻覺，一個奇想，一個醉鬼的美夢，一顆錯亂的腦子展現出來的錯亂念頭。就像我前面說過的，我不期望你相信我。

然而事情就是這樣。她在那裡出現；我看到了她。我在球場上躺了一段時間，不確定多久。然後我站起身，走動。我拍掉膝蓋和手臂上的沙粒和碎屑。我身上有幾十處傷口在流血，大多是輕傷，有幾處比較嚴重。我嘴裡有血的鹹腥味。

我穿過一片熟悉的草地。晨風吹動樹枝，黃葉簌簌落下，如同一場劈啪翻飛的暴風雨。我自殺了兩次，兩次都失敗。還有比這個更可悲的嗎？

我走向故居，一心一意想完成這個任務。

Dear 查理，

祝你今天在學校

過得開心！

中午我會來找你，

我們去喝奶昔。

每一天都愛你！

媽媽

（奇克・伯納托保存下來的紙條，大約寫於一九五四年）

母親與父親相遇

我母親經常寫紙條給我。她不管開車送我到什麼地方，讓我下車的時候，她總要塞給我一張紙條。我一直不明白她為什麼這麼做，她想說的話可以當時就當面跟我說，不必這樣浪費紙張，我也不必聞到信封黏膠的難聞氣味。

我想，第一張紙條是她在一九五四年我第一天上幼稚園時寫給我的。那時我多大？五歲了嗎？學校操場上到處是孩子，尖叫著，奔跑著。我抓著母親的手，與她一起走進校園。一位戴黑色無邊軟帽的女士站在幾位老師面前。我看到別人的媽媽親吻自己的孩子，然後離去。我大哭起來。

「怎麼了？」母親問。

「不要走。」

「你下課出來的時候，我會在這裡等你。」

「不要。」

「沒關係的。那時我會在這裡。」

「要是我找不到你怎麼辦？」

「你會找到我的。」

「要是我失去你，怎麼辦？」

「你不可能失去你媽，查理。」

她微微笑著。她把手伸進外套口袋，拿出一個小小的藍色信封，交到我手上。

「拿著。」她說：「非常想念我的時候，就打開它來看。」

她從皮包裡拿出面紙，擦拭我的眼睛，給我一個擁抱，跟我說再見。如今我仍然可以看到她倒退著離去的模樣，她對著我飛吻，她唇上塗了露華儂牌口紅，頭髮掠過耳際。我用拿著信的手向她揮別。我猜，她沒有想到我剛開始上學，還不會認字。這就是我的母親。最重要的是心意。

事情據說是這樣的，一九四四年春天，她在派普維爾湖畔遇見我父親。那時她在游泳，他在與朋友玩棒球。他朋友把球扔太高了，球掉到湖裡。我母親朝著球游去。我父親也撲通跳下水。他撿到了球，頭浮起來，這時我母親正巧也游到了這裡，兩人的頭便撞上了。

「那之後我們就沒有停下來。」她說。

他們的感情進展得又快速又熱烈，因為我父親就是這樣，只要著手做一件事，就非要達到目標不可。他是高大壯碩的年輕人，高中畢業不久，把頭髮梳成高高翹翹的飛機頭，開著他老爸的藍白相間拉莎爾轎車。二次世界大戰爆發後，他立刻從軍，對我母親說他想「成為我們鎮上殺死最多敵人的人」。他被送上船，派遣到義大利北部的亞平寧山與波河流域一帶，就在波隆納城附近。一九四五年他從那邊寄了信來，向我母親求婚：「當我的妻子。」我覺得他這句話聽起來比較像命令。我母親回信答應了，她用的是別緻的亞麻信紙，這種紙對她來說太昂貴了，但她還是買了下來。我母親敬重文字，也敬重那些用來傳達文字的工具。

我父親接到信兩星期之後，德國簽署了戰敗投降的文件。他要回來了。

我的說法是，他沒有嘗夠合他口味的戰爭，所以他拿我們當對象，製造出他自己的戰爭。

我父親名叫「萊納」，不過大家都喊他「萊恩」。我母親的名字是「寶琳」，但是大家都叫她「珀希」，就像一首童謠裡唱的「滿滿一口袋的珀希」。她有一雙大大的杏眼，瀑布般流瀉的深色長髮經常挽起來；她的臉龐柔潤而白皙。她讓人聯想到女星奧黛莉赫本——在我們的小鎮，適合用這句話來形容的女子並不多。她喜歡化妝——睫毛膏、眼線、口紅，你想得到的化妝品，她都用——大多數人覺得她「有趣」或「活潑」，或是到後來覺得她「怪里怪氣」或「剛愎自用」。而我在童年多數時候覺得她嘮叨。

我穿了防水鞋套嗎？有沒有穿外套？功課做完了沒有？我的長褲為什麼裂開了？

她總是要糾正我的文法。

「自己和蘿貝塔要去——」我開口。

她就打斷我：「蘿貝塔和我。」

「自己和吉米要——」

「吉米和我。」她說。

父母會把自己的某種姿態刻在孩子心上。我母親的姿態是一個塗了口紅的女人，身體向前傾，搖著手指，懇求我做得比眼前的我更好一些。我父親的姿態則是一個休息中的男人，肩膀倚著牆，手裡拿著香菸，看著我在水裡游泳或者往下沈。

現在回想，我覺得那時的我應該就要能理解到，他們當中，一個是向前傾朝我接近，另一個卻是向後退著離開我。然而那時我只是個孩子，而孩子又能知道什麼？

我母親是法國新教徒，我父親則是義大利天主教徒。他們的結合包含了過多的上帝、罪行與各種為生活添加調劑的小事。他們吵個不停。為孩子吵；為食物吵；為宗教信仰吵。我父親把一幅耶穌畫像掛在浴室外面的牆上，我母親趁他上班的時候，取下耶穌像，把它掛到比較不顯眼的地方。父親回家後大喊：「看在基督的分上，你不能把耶穌移走！」她說：「萊恩，這是一幅畫。你認為上帝希望自己被掛在浴室旁邊嗎？」

他把畫掛回來。

第二天，她又移走它。

如此你來我往，沒完沒了。

他們帶著不同的背景與文化，但假如我家採行民主體制，我父親那一票要算成兩票。他決定我們晚餐要吃什麼，房子要漆成什麼顏色，該把錢存進哪家銀行，我們打開家裡那台增你智黑白電視時應該看哪一頻道的節目。我出生那一天，他通知我母親：「這孩子要在天主教的教堂受洗。」事情就這麼定了。

可笑的是，他自己並不是虔誠的教徒。戰爭結束後，我父親開了一家賣酒的店。他對利潤的興趣比他對先知預言的興趣更高。至於我，我只需要崇拜一樣東西便行，那就是棒球。我還沒學會走路，他就投球給我接；我母親還沒開始讓我使用剪刀，父親就給了我一根木質球棒。他說，只要我有「計畫」，只要我「致力實現這計畫」，有一天我就能進入大聯盟的隊伍。

你年紀那麼小，你當然會套上父母對你的計畫，而不是安住於你自己的計畫中。

所以，我從七歲開始，就在報紙上搜尋我未來雇主的比賽成績。我在父親的店裡放了棒球手套，好讓他在能偷閒的幾分鐘裡，可以在停車場扔球給我接。有時我甚至穿著棒球釘鞋去參加星期天的彌撒，因為一唱完儀式最後的詩歌，我們就要趕去看美國棒球大聯盟（American Legion）的比賽。聽到有人說教堂是「上帝之家」時，我擔心上帝會不喜歡我腳底的鞋釘插進祂的地板。有一次我掂起腳尖站著，不過父親小聲對我說：「你在幹什麼好事？」我立刻把腳跟放下。

然而，我母親不喜歡棒球。她是獨生女，小時候家裡很窮，戰爭爆發後，她被迫輟學，做工賺錢。她讀夜校拿到高中畢業證書，然後進入護理學校就讀。她認為，對我最重要的就只有書本和大學，以及書和大學能為我打開的大門。談到棒球，她最好聽的話是：「它讓你呼吸到一點新鮮空氣。」

但是她會出席。她站在看台上，臉上戴著大太陽眼鏡，頭上頂著本地美容院為她精心處理過的髮型。有時我會從球員休息室偷偷看她，見到她在遠眺地平線。但輪到我上場打擊時，她便拍手大叫：「加油，查理！」我想，我只在乎這個了。我父親離開我們之前，曾經在我參加過的每一個球隊都擔任過教練。有一次他發現我朝母親那邊看，當場高喊：「眼睛看著球，奇克！那邊沒有任何東西能幫你！」

媽媽並不在「計畫」之中吧，我想。

不過，我還是可以說，我愛慕我母親；是男孩子那種一方面愛慕他們母親，一方面又把媽媽視為理所當然的方式。她讓我很容易就喜歡她。首先，她很有趣。她不在乎把冰淇淋塗得滿臉都是，逗別人開懷大笑。她會模仿怪腔怪調，例如大力水手的聲音，或是學爵士歌手路易斯・阿姆斯壯（Louis Armstrong）的嘶啞歌聲：「如果你不讓它進來，你就不能把它吹走。」她搔我癢，也讓我搔她癢，然後她大笑著把手肘緊緊向身子壓緊。每天晚上，她幫我塞好被子，揉揉我頭髮，說：「親媽媽一下。」她對我說，我很聰明，人聰明是老天給的一種榮寵，她堅持我每星期要讀完一本書，並且帶我上圖書館，確保我能做到每星期讀一本書。有時她的衣著太過俗麗。她跟著音樂唱歌，這件事也讓我感到困擾。但是我們之間從來沒有——一刻都沒有——出現過無法信任對方的問題。

我母親說什麼，我都相信。

但不要誤會，她對我可不是百依百順。她會打我，責備我，處罰我。但是她愛我。她真的愛我。當我從鞦韆上摔下來，她愛我。當我穿著沾滿泥巴的鞋子踩上她的地板，她愛我。當我嘔吐、流鼻涕、膝蓋流血，她愛我。我來了，我走了；我的狀況非常好或非常壞，她都愛我。她有一座無底的井，對我源源不斷流出愛。

她唯一的缺點是沒有叫我努力去追求她這份愛。

你聽一聽，我的理論是這樣的：孩子會追求那些躲著他們的愛，對我來說，這躲起來的愛是我父親的愛。他把它藏在某處，像人們把文件放在公事包裡。我一直努力要走進那兒。

多年後，我母親去世了，我列了表，寫出「母親站出來支持我的時候」和「我沒有站出來支持母親的時候」。兩張表相差懸殊，說來令人悲傷。為什麼孩子會把父母當中的一個視為理所當然到如此程度，卻用較低也較寬鬆的標準對待另一個？

也許就像我老爸說的：「你可以當媽媽的兒子，也可以當爸爸的兒子。但是你不能兩個都當。」於是你選擇了你覺得可能會失去的那一方，緊緊抓著他。

母親站出來支持我的時候

我五歲。我們走向法納利市場。一個鄰居打開她家的紗門，她身穿睡袍，滿頭粉紅色髮捲，呼喚母親。他們談話的時候，我走到這棟房子的後院。

突然一隻德國狼犬衝向我。汪汪！牠被拴在曬衣繩架上。汪汪！牠用後腿站起來，拴著牠的繩子都被牠扯直了。汪汪！

我轉過身，拔腿就跑。我大聲尖叫。母親朝我跑來。

「怎麼了？」她一面喊，一面緊緊抓住我的手肘：「怎麼了？」

「有一隻狗！」

她吐了口氣。「有一隻狗？在哪裡？是那邊嗎？」

我哭著點頭。

她帶著我跨大步繞著房子走了一圈。狗在這裡。牠發出怒吼。汪汪！我往後退，但母親把我拉向前。她發出狗叫，叫了又叫。我没聽過人類能發出這樣棒的狗叫聲。狗蹲下來，從嚎叫變成嗚咽。母親轉過身來，面對著我。

「你必須讓牠們知道誰是老大，查理。」她説。

（取自奇克・伯納托所留下的筆記本裡的一張清單。）

奇克回到故居

這時，早晨的太陽剛從地平線上升起，像一顆側投球似的，從我故居附近的兩棟房子之間向我飛射過來。我舉手護住眼睛。十月的清晨，人行道邊已有成堆落葉——我記憶中這裡的秋天沒有這麼多落葉——而天空不如過去開闊。假如你過了很長一段時間才再次返回故居，你一眼就會注意到，存在於你記憶中的樹木如今變得多麼茂盛。

派普維爾灘。你知道這個地名是怎麼來的嗎？說來簡直讓人覺得不好意思。許多年前，有位白手起家的企業家認為，儘管這個小鎮不靠海，但這兒若能有一片沙灘，小鎮將會更有吸引力，於是用卡車運來足夠鋪出一小片沙灘的沙。他加入商會，甚至促使小鎮改了名字——從「派普維爾湖」改為「派普維爾灘」——事實上，我們這片「沙灘」上有一座鞦韆和一座溜滑梯，而且只能容納十二家人，人再多，就得坐在別人的浴巾上了。在我們成長的年月裡，這件事成為一個笑話——「欸，你想去沙灘玩嗎？」，或是「欸，我覺得今天像是去沙灘玩的日子。」——因為我們知道，我們騙不了任何人。

總之，我們的房子距離湖很近——也就是離「沙灘」很近——母親死後，妹妹和我留著這棟房子，希望它過幾年後能值錢一點。老實說，我沒有心情把它賣掉。

我在這棟房子四周繞圈子，我駝著背，像個逃犯。我從車禍現場離開，這會兒一定有人發現了我那輛車、那輛卡車、撞爛的廣告牌，還有那把手槍。我很痛，身上在流血，還是覺得頭暈眼花。我隨時等著聽到警車的鈴聲——這是個更有力的理由，說明我應該先把自己解決掉。

我蹣跚走著，走上房子門廊的前庭陽台。我在花壇裡的一塊假石頭下面找到我們藏著的鑰匙（這是妹妹的點子）。我回頭往後看，沒有動靜——沒有警察，沒有人群，車道兩方都沒有來車——我推開大門，走了進去。

房子裡泛著霉味，也飄著一股地毯清潔劑的淡淡甜味，彷彿不久前有人（是我們花錢請的那位清潔工嗎？）用清潔劑洗過地毯。我走過擺放了櫃子的走廊，走過我們小時候經常從樓上往下滑的樓梯欄杆。我走進廚房，還是原來的地磚和櫻桃木櫥櫃。我打開冰箱，尋找含有酒精的飲料。這種行為已成為我的反射動作了。

我往後退了一步。

冰箱裡有食物。

塑膠盒。吃剩的千層麵。脫脂牛奶。蘋果汁。木梅口味的優格。有個念頭閃過我心上，我覺得有人住進來了，這人擅自闖入，把這房子占為己有，現在這裡是他的地方了。長久以來我們放著房子不管，這是我們必須付出的代價。

我打開一個廚房櫃。櫃裡擺著立頓紅茶和一罐低咖啡因的山卡牌咖啡。我打開另一扇櫃門。糖。莫頓牌的鹽。辣椒粉。奧勒岡香料。我看到水槽裡有一個盤子泡在肥皂泡裡。我拿起盤子，然後又慢慢放下它，彷彿想把它放回原來的位置。

然後，我聽到一個聲音。

從樓上傳出。

「查理？」

然後又一聲。

「查理？」

是我母親的聲音。

我跑出廚房。我的手指濕答答，沾滿了肥皂水。

我沒有站出來支持母親的時候

我六歲。萬聖節到了。學校正在舉行一年一度的萬聖節遊行。所有的孩子都會排隊走過附近的幾條街。

「給他買一件遊行的服裝就好了。」父親說：「那家便宜的店裡有賣這個。」

但是我母親不要這麼做。這是我第一次參加遊行，她要爲我縫製一件特殊的服裝：木乃伊，是我最喜歡的恐怖角色。

她把白色的舊衣服和舊毛巾剪成長條，往我身上裹，再用安全別針加以固定。然後，她用膠帶在布條外層黏上一層一層的捲筒衛生紙。她花了很長時間才完成。她一做好我便看著鏡子——我是木乃伊。我抬起肩膀，前後搖晃。

「喔，你可怕極了。」母親說。

她開車送我去學校。我們開始遊行。走著走著，布條開始鬆脫。大約走了兩條街，開始下雨了。等到我發現的時候，衛生紙就化開了。布條往下垂。不久，它們掉到我的腳踝、手腕和脖子上。你可以看到我的內衣和短睡褲。我母親覺得，拿短睡褲來當作內褲比較好。

「你們看查理！」孩子們尖叫。他們大笑。我的臉漲紅了。我想就這麼消失不見，但是遊行走到一半，你有什麼地方可去？

我們走到操場，家長們在這裡拿著相機等待。我渾身都是濕透下垂的布條和衛生紙。我先看到母親。她也看到我了，並舉起手掩住自己的嘴。我痛哭失聲。

「你毀了我的一生！」我喊道。

「查理？」

我躲在後陽台，至今還清清楚楚記得我的呼吸是多麼急促。前一秒我還站在冰箱前，慢吞吞移動，下一秒我的心卻跳得其快無比，讓我感覺再多的氧氣也不夠用。我渾身顫抖。廚房的玻璃窗在我背後，但我不敢往窗子看。我先前看到了死去的母親，現在又聽到了她的聲音；我曾經把身體的某些部位搞壞了，但這是我頭一次擔心我也把自己的腦袋弄壞了。

我站著，肺部用力吸氣，用力吐氣。我眼睛死盯住前方的泥巴地。小時候，我們把這裡稱為「後院」，其實它只是一片方形草地。我曾想跑過這片草地，跳到鄰居家裡。

這時，門開了。

我母親走了出來。

我母親。

就在那裡。在陽台上。

她轉過身來，面對著我。

她說：「你待在這裡幹什麼？這裡很冷。」

我不知道我能不能說明我所跳出的一大步；這就像從地球跳出去。一邊是你知道的一切，另一邊是實際發生的一切；當這兩者不相符，你就得做出選擇。我看到我母親，活生生的她，站在我面前。我聽到她叫出我的名字，「查理」。只有她這麼叫我。是我的幻覺嗎？我應該走向她嗎？她會不會像泡泡一樣破裂消失？老實說，在這一刻，我的四肢好像不屬於自己。

「查理？怎麼了？你全身都是傷。」

她穿著白色毛衣和藍色長褲——無論清晨幾點，她似乎總是穿得整整齊齊——而且她看起來並不比我上次見到她時更老，上次見到她是在她七十九歲生日那天，她戴著紅框眼鏡，是別人送她的禮物。她緩緩把手掌朝上，用眼神召喚我走過去；我不知道怎麼回事，她的眼鏡，她的皮膚，她的頭髮，以及我把網球從屋頂往下扔之後她慣用的打開後門的方式。我心裡的某種東西融化了，彷彿她的臉散發出熱氣。暖融融的感覺沿著我的背脊往下延伸，擴展到腳踝。這時，某種東西裂開了，我幾乎聽到了啪噠一聲。隔在相信和不相信之間的那道柵欄，斷裂了。

我投降了。

跳出了這個星球。

「查理？」她說：「怎麼了？」

我做了你假如遇到同樣狀況你也會做的事。

我擁抱了我母親，彷彿我從來沒有放手讓她離去。

母親站出來支持我的時候

我八歲。我有一項作業要回家做。我必須在全班同學面前說明：回音是怎麼造成的？放學後，在父親的店裡，我問他，回音是怎麼造成的？他在走道上，彎著身，手拿一塊寫字板和一枝鉛筆，檢查著庫存。

「我不曉得，奇克。它就像打水漂吧。」

「山裡不是也有回音？」

「嗯？」他數著酒瓶。

「你打仗的時候，不是在山裡嗎？」

他看了我一眼：「你問這個幹什麼？」

他回到他的記事板上。

那天晚上，我問母親，回音是怎麼造成的？她把字典拿過來，我們在書房坐下。

「讓他自己做。」父親蹦出一句話。

「萊恩，」她說：「容許我幫他一下。」

她花了一個小時陪我做作業。我背下字典上的句子。我站在她面前，背給她聽。

「回音是怎麼造成的？」

「聲音的來源停止後，那聲音仍然繼續存在著，這就叫做回音。」

「回音在什麼情況下才會出現？」

「聲音必須碰撞到某個東西，反射回來。」

「什麼時候會聽見回音？」

「當四周很安靜，而其他聲音被吸收掉的時候。」

她露出微笑。「很好，」她說：「回音，」她用手摀住自己的嘴，然後閉著嘴咕嚕咕嚕地說：「回音，回音，回音。」

我妹妹一直在旁邊看著我們，這時她用手指著媽媽，喊道：「那是媽咪在說話！我看到了！」

父親打開電視。

「眞夠浪費時間。」他說。

旋律變了

你記不記得那首歌，〈這可能是一件大事的開始〉？這首歌節奏快速，曲調歡樂，通常是由一個穿晚宴西服的男歌手站在大型樂團前方唱出來。它的歌詞如下：

你走在街上，或者參加邀宴，
否則你會覺得孤單，然後你突然發現，
你正在凝視某人的眼睛，你突然了解，
這可能是一件大事的開始。

我母親很喜歡這首歌。不要問我為什麼。在一九五〇年代，它是電視節目「史提夫‧艾倫秀」的片頭曲。我記得這是個黑白電視節目，不過，在那個時代一切事物彷彿都是黑白的。總之，我母親認為那首歌是「搖擺樂」，她是這麼說的——「喲呼，那首是搖擺樂歌曲！」——只要收音機播放這首歌，她就會彈著手指，發出啪啪聲，彷彿她正在帶領樂隊演奏。我們有一部高傳真收音機，有一年她生日時得到一張鮑比‧達林（Bobby Darin）的唱片。專輯裡有這首歌。晚餐後，她一面洗碗，一面聽這張唱片。這時候我爸還在。他看著報紙，我媽便走到他身邊，兩手在他肩頭打鼓，唱著「這可能是一件大事的開始」。我爸當然頭抬也不抬。於是，她走到我面前，一面唱，手裡一面擺出拿著鼓棒的姿態，在我的胸口打鼓。

你在「二十一餐廳」吃飯，看著你的食物，
推掉了法式甜點，吃了一枚無花果，
突然從天上落下，突然有了一對少男少女，
這可能是一件大事的開始。

我好想笑——尤其是她唱到「無花果」的時候——但是我父親沒有參與，歡笑聲會像是對他的背叛。於是母親開始播我癢，我忍不住笑出來。

「這可能是一件大事的開始，」她說：「大男孩，大男孩，大大大大大男孩。」

她每天晚上都播放這首歌來聽。然而我父親離家後，她就再也不聽了。這張鮑比・達林的唱片擺在書櫃上。唱機蒙上灰塵。一開始，我以為她喜歡上別種音樂了，就像我們小孩一樣，有一段時間覺得強尼・雷（Jonnie Ray）唱得很棒，最後卻覺得吉恩・文生（Gene Vincent）更了不起。後來，我猜想，她是因為不願想起這件「大事」帶來了她不想要的結果。

在屋裡相逢

我們的廚房餐桌是張橡木圓桌。我們讀小學的時候，有一天下午，妹妹和我用牛排刀把自己名字刻在餐桌上。聽到開門聲時，我們還沒有刻好——母親下班了——我們趕緊把牛排刀扔進抽屜。妹妹抓起她眼前能找到的體積最大的東西，半加崙的瓶裝蘋果汁，砰的一聲往餐桌上放。母親走進屋，身上穿著護士服，手上抱著一疊雜誌。一定是我們太快對她說「嗨，媽」了，她立刻起了疑心。你也會一眼就從你媽臉上的表情看出那種「你們這些孩子做了什麼好事？」的表情。她會起疑，也可能是因為我們在傍晚五點半坐在餐桌旁，桌上什麼也沒有，只有一大罐蘋果汁擺在我們中間。

不管原因是什麼，總之她沒有放下雜誌就用手肘把蘋果汁推開，看到了「查」和「蘿貝」幾字——我們只刻到這裡。她發出一聲響亮而怒氣沖天的驚叫，好像是「嗚哇啊——」

之類的字眼。然後她尖聲說：「很好，太好了！」在我幼稚的心靈裡，我以為情況不嚴重。很好就是很好，對不對？

那幾天父親出門不在家。母親威脅我們說，父親回來以後，必定會破口大罵。那天晚上，我們坐在餐桌旁吃肉餅，每個人的肉餅裡都包了一顆水煮蛋——這食譜是母親在某處看到的，或許就是她捧著的某一本雜誌——可是妹妹和我不時偷眼往我們的作品瞄。

「你們徹底毀了這張餐桌，你們知道嗎。」母親說。

「對不起。」我們喃喃的說。

「而且你們也很可能會被刀割傷手指頭的。」

我們坐著聽訓，並把頭低下，這是最起碼的懺悔。但是我們兄妹在想同一件事。只不過我妹妹把它說出來了。

「我們是不是該把它刻完，這樣我們好歹把自己名字寫對了？」

一瞬間，我的呼吸停止了。她的勇氣讓我感到驚異。母親匕首般銳利的眼光射向她。然後，她爆出一陣笑聲。妹妹也笑了。我滿嘴的肉屑全噴了出來。

我們始終沒有刻完那兩個名字。它們一直留在那裡，「查」和「蘿貝」。我父親回家後，當然大大發了一頓脾氣。但是自從我們離開派普維爾灘以後，我母親漸漸覺得很高興我們留了一樣東西在家裡，儘管那兩個名字少了幾個字母。

而今我坐在這張老餐桌旁，看到我們刻的名字，然後我母親——或是我母親的鬼魂，或者不管她是什麼——從另一個房間走進來，手裡拿著消毒水和小毛巾。我看著她把消毒水往毛巾上倒，她抓起我的臂膀，把袖子往上捲，彷彿我是個從鞦韆上摔落的小男孩。你或許正在想：為什麼不大聲說出眼前情況真是荒謬，指出幾個明白的事實來說明這一切都是不可能的事，其中第一個事實就是：「母親，你不是死了嗎？」

我只能這麼回答你：那是因為現在是回溯當時狀況，所以我覺得你說的有理，而你現在也覺得有理；但在那一刻，不是這樣的。在那一刻，我由於再次見到了母親而目瞪口呆，根本沒辦法當下就糾正說這事兒不可能發生。就像一場夢，也許一部分的我覺得自己在作夢。我不知道。假如你失去了母親，你能不能想像你母親再次出現在你面前，好近好近，你摸得到她身體，聞得到她味道？我知道我們埋葬了母親。我還記得喪禮的情景。我記得我劏下一小堆象徵性的泥土，灑在她棺木上。

然而，當她在我面前坐下，用毛巾輕擦我的臉孔和手臂，並一臉愁苦喃喃說著：「你看看你」——我不知道該說什麼。我的心防驟然瓦解了。很長一段時間沒有人願意這麼靠近我，表現出替我捲起袖子的那種溫柔。她關心我。她在乎我。在我連活下去的自尊心都沒有了的時候，她輕輕擦拭我的傷口，使我產生了重新成為一個兒子的感覺。我一下子就陷入這種感覺，就像你晚上躺向你的枕頭。我不希望這個時光結束。這是我所能提出的最佳說明。我知道這件事不可能發生，但我不希望它結束。

「媽？」我低聲說。

我很久沒有說過這個字了。當死亡帶走你的母親，它也就偷走了這個字，永遠不歸還。

「媽？」

這真的只是一個字，只是嘴唇張開，輕輕哼出的一聲。地球上有無數的字眼，沒有一個字像這個字這般，用這種方式從你嘴裡吐出來。

「媽？」

她用毛巾輕柔擦拭我的手臂。

「查理，」她嘆息道：「你惹上了麻煩。」

母親站出來支持我的時候

我九歲。我在鎮上的圖書館裡。桌後方的女士戴著眼鏡，她的眼光越過鏡片上方往外看。我選了凡爾納寫的《海底兩萬里》。我喜歡這本書封面上的圖畫，也喜歡這本書所描寫的生活在海底的這種想像。我沒有看這本書的字體大小，也沒有注意每頁行數多少。這位圖書館員仔細觀察我。我的襯衫沒有塞進褲子裡，一隻鞋的鞋帶也鬆了。

「這本書對你來說太難了。」她說。

我看著她把書放到她後面的書架上。它可能會被丟進地窖，鎖起來。我回到童書區，選了一本關於猴子的圖畫書。我回到那位館員的桌前，她沒有發表意見，在這本書上蓋了章。

我母親開車前來。我爬進汽車前座。她看到我選的書。

「這本你不是讀過了嗎？」她問。

「那位女士不讓我借那本我要借的書。」

「什麼女士？」

「圖書館員女士。」

她關掉引擎。

「她爲什麼不讓你借？」

「她說它太難了。」

「什麼東西太難？」

「那本書。」

母親把我拉下車。她帶著我大步走進圖書館，來到那張桌前。

「我是伯納托太太。這是我兒子查理。是你告訴他說有一本書對他來說太難了嗎？」

圖書館員僵住了。她比我媽年長，我母親平常對老人家說話很客氣，我很驚訝她竟然用這種口氣對圖書館員說話。

「他想借凡爾納的《海底兩萬里》。」那位館員把眼鏡往上推：「他太小了，看看他就知道了。」

我低下頭。看看我就知道了。

「這本書在哪裡？」我母親說。

「請再說一次？」

「書在哪裡？」

這位女士從身後拿起這本書，把它砰一聲扔在櫃檯上，彷彿要用書的重量來證明自己的看法是對的。

母親一把拿起這本書，塞進我臂膀中。

「絕對不可以對一個孩子說，哪一樣東西是太難的。」她嘰哩叭啦說著：「而且，絕對——絕對不許對這個孩子這麼說。」

我只知道，後來我被拉出圖書館大門，懷裡緊抱著凡爾納這本書。我覺得我們好像剛剛搶劫了銀行，母親和我，我不知道我們會不會惹上麻煩。

我沒有站出來支持母親的時候

我們坐在餐桌旁邊。母親招呼大家吃晚餐。焗肉醬通心粉。

「味道還是不對。」父親說。

「又來了。」母親說。

「又來了。」妹妹模仿了一遍。她把叉子放在嘴裡轉動著。

「小心，你會戳到自己。」母親把妹妹的手拉開。

「是乳酪不對，或者是用的油不對。」父親看著他盤子裡的食物，一副這些東西使他反胃的樣子。

「我試過十種作法了。」母親說。

「講話不要誇張，珀希。弄點我能入口的東西，這麼難嗎？」

「這個你不能入口？它是你不能吃的東西？」

「老天，」他抱怨道：「我需要跟你談這個？」

我母親不看他了。

「不，你不需要。」她用杓子舀了些食物，放到我的盤子裡。「是我需要說，對不對？我需要跟人吵架。吃下去，查理。」

「不要這麼多。」我說。

「把我給你的東西吃下去。」她說得很快。

「太多了！」

「媽咪！」妹妹說。

「我的意思是，珀希，如果我開口要求你去做什麼，你就能去做。只是這樣。我告訴過你一百萬次，它的味道爲什麼會不對。味道不對就是不對。你要我說謊來讓你開心嗎？」

「媽咪。」妹妹揮動叉子。

「不可以。」母親倒抽一口氣，按住妹妹的叉子：「蘿貝塔，不要這樣。萊恩，這樣子吧，下次你自己做。你和你這套義大利菜的玩意兒。查理，吃下去！」

父親冷笑幾聲，搖搖頭。「老套。」他抱怨道。我看著他，他看著我。我立刻用叉子叉了一大把通心粉放進嘴裡。他把下巴抬動了一下。

「你覺得你媽做的通心粉怎麼樣？」

我嚼著。我嚥下。我朝父親看。我看向母親。她垂下肩膀，一臉怒容。現在他們兩個都在等待。

「味道不對。」我低聲含含糊糊地說，眼睛看著父親。

他的鼻子噴出一口氣，掃視了母親一眼。

「連這孩子都知道。」他說。

新的開始

「你可以在這裡待一整天嗎？」母親問。

她站在爐灶旁，用塑膠鏟子炒蛋。吐司從烤麵包機裡彈跳出來了。一塊奶油放在餐桌上。一壺咖啡擺在奶油旁。我重重跌坐在椅上，仍然感到頭暈，甚至不太能吞下食物。我覺得，如果我的動作移動得太快，每一樣東西就都會爆裂。她在腰上圍了條圍裙。從我這回第一眼看到她開始，她的模樣，彷彿今天只是另一個平常日子，彷彿我突然來訪讓她感到驚喜，她為了回報，便為我做早餐。

「查理，可以嗎？」她說：「陪你媽度過一整天的時光？」

我聽到奶油和炒蛋在鍋裡滋滋作響。

「如何？」她說。

她拿起平底鍋，朝我走過來。

「為什麼不說話？」

我花了幾秒鐘時間才發出聲音，彷佛我這才重新想起該如何說話，按照指令發出聲音。你該怎麼與死者交談？是否有另一套語言？一種密碼？

「媽。」我終於低聲說：「這是不可能的。」

她用鍋鏟把蛋舀起來，放在我盤子上噠噠噠把蛋切碎。我凝視她青筋浮凸的手操作著鍋鏟。

「吃。」她說。

事情顯然在美國歷史的某一個時間點上起了變化，父母若打算離婚，會兩人一起把這個決定告知子女。他們讓孩子坐下來，說明新的規則。但我的家庭在那個啓蒙時刻來臨之前瓦解。我父親說離開就離開。

經過了幾天哭哭啼啼，我母親擦上口紅，眼睛塗上睫毛膏，煎了一些洋芋，然後把裝著食物的盤子遞給我們，一面對我們說：「爸爸以後不住這裡了。」就是這樣。好像舞台劇演出的時候變換場景。

我根本想不起來他在什麼時候把自己的東西收拾妥當。有一天我們放學回家，屋子裡看上去突然寬敞了一些。客廳的櫃子裡多出了一些空間。車庫裡的工具和紙箱不見了。我還記得妹妹哭著問：「是不是我害爸爸走掉的？」她對我媽說，只要爸能回來，她會乖乖聽話。我記得我也想哭，但是我心裡明白，現在起我們不再是四個人，只剩三個了，而我是三人裡面唯一的男生。才十一歲的我，已經感覺到必須有男人的氣概。

此外，以前我一哭，父親總要我「振作起來」。「振作起來，小子，振作起來。」於是，我和所有遇上了父母分開這件事的孩子一樣，試著表現出某些行為，好讓少掉的那個人回家來。所以，不許流淚，奇克。你不可以掉眼淚。

頭幾個月，我們以為事情是暫時的。吵了一架。一段冷靜下來的時期。誰家爸媽不會吵架，對不對？我們家爸媽就會。妹妹和我躺在樓梯最高的階梯上，聽著他們爭吵。我穿著白色內衣，妹妹穿的是淡黃色睡衣和芭蕾舞鞋。有時候他們的吵架內容跟我們有關：

「萊恩，為什麼你連一次也不處理？」

「這件事不重要。」

「這很重要！每一次都是我扮黑臉！」

有時候是關於工作：

「珀希，你應該更花點心思把這個做好。不是只有醫院裡的人才重要。」

「他們是病人，萊恩。你要我對他們說，很對不起，我先生需要有人幫他燙衣服嗎？」

或者是關於我打棒球的事：

「太過分了，萊恩！」

「他可以出人頭地。」

「你看看他，他每天都快累死了！」

坐在樓梯上方時，妹妹有時候會用手捂住耳朵，哭起來。然而我試著繼續往下聽。這像是悄悄溜進成人的世界。我知道父親很晚下班，過去幾年裡，他會整夜不在家，說是去拜訪酒品批發商。他對母親說：「珀希，如果你不陪這些傢伙聊天，他們就會像殺魚一樣挖出你的內臟。」我知道他在籌備即將開設在柯林伍德的分店，去那裡的車程大約要一小時。他一星期有幾天在那邊工作。我知道一家新的店意味著「賺更多錢和換更好的車」。我知道我母親不喜歡這個主意。

所以，是的，他們吵架，但我從來不去猜測後果。那時代的父母不會分開。他們會想辦法和好。他們留下來，同心協力過日子。

我記得有一次參加婚禮，父親租了晚宴西服，母親穿著亮閃閃的紅色晚禮服。在宴會上，他們倆站起身來，翩翩起舞。我看到母親抬起右手，父親用他的大手貼上她的右手。在我幼小的心靈裡，我看得出來他們是在場眾人中最出色的一對。父親高大結實，而且和其他的爸爸們不同，他白襯衫底下的小腹十分平坦。母親呢？她看起來很開心，塗著油潤紅色口紅的嘴唇露出笑容。當她看起來很開心，大家就都會坐到次要的位置上看著她。她跳得如此流暢，你忍不住想看她。她那身閃亮的晚禮服隨著她移動，好像有聚光燈打在上面。我聽到餐桌前幾個老太太竊竊私語：「有一點過火」、「應該謙虛一點」，不過我看得出來，她們只是嫉妒，因為她們沒有她這麼美麗。

我就是這麼看待我父母的。他們吵架，但是他們一起跳舞。自從我父親消失後，我經常想起那場婚禮。我差一點就說服了自己說，父親會回來看母親穿上那件紅禮服。他怎麼能不回來看？後來我不這麼想了。我逐漸用看待一張褪色度假照片的方式來看待那次盛會。它只是你很久以前去過的一個地方。

「今年你想做什麼？」他們離婚後的第一個九月，母親這麼問我。新學期快開學了。

她指的是「新的開始」和「新的計畫」。妹妹選擇觀賞木偶戲。

我看著母親，臉上首次出現蹙著眉的不悅表情，我這種表情日後會出現一百萬次。

「我想打棒球。」我說。

一起吃一餐

我不知道在廚房裡過了多久時間——我還是覺得天旋地轉，搖搖晃晃站不穩。這感覺就像你的頭撞到了汽車的引擎蓋——但是在某一刻，也許是母親說「吃下去」的時候，我用身體動作表現出我投降了，我接受了我人在這裡的這件事。我照著母親的話做了。

我拿叉子叉起炒蛋，放進嘴裡。

我的舌頭突然引起我的注意。我兩天沒吃東西了。我像個囚犯似的把食物大口大口塞進嘴裡。咀嚼著食物，使我轉移了注意力，不再想著眼前這種不可能發生的情況。另外，我能說真話嗎？這炒蛋好吃，味道也很熟悉。我不知道為什麼母親做的食物會這樣，尤其是那些人人會做的家常菜色——鬆餅、肉餅、鮪魚沙拉——總之這炒蛋帶有一種回憶的味道。母親經常在炒蛋裡放一點細蔥末——我稱它們為「綠綠小小的東西」——現在它們就出現在炒蛋裡。

我在已經成為過去式的餐桌前，與我已經成為過去式的母親在一起，吃著已經成為過去式的早餐。

「吃慢一點，否則會生病。」她說。

這一點，也成為過去式了。

我吃完，她把盤子拿到水槽裡，用水沖洗。

「謝謝。」我喃喃的說。

她看著我：「查理，你剛才說了『謝謝』嗎？」

我微微點了點頭。

「謝什麼？」

我清了清喉嚨：「謝這頓早餐吧？」

她露出笑容，一面把盤子洗好。我看著她站在水槽邊。我突然湧出一種非常熟悉的感覺，我坐在餐桌前，她在洗碗盤。我們在這樣的位置上說過好多次話，我們談學校的事，談我的朋友，談我不應該相信的鄰居說的閒話。水槽裡總是流著水，我們不得不提高音量說話。

「你不可能在這裡……」我開了口，又停下來。我說不下去。

她關上水龍頭，用毛巾擦乾雙手。

「看看現在幾點了。」她說：「我們該走了。」

她彎身往前傾，兩手捧住我的臉。她的手指暖和，並因為沾了水而濕潤。

「不客氣。」她說：「不必謝我做的早餐。」

她拿起椅子上的皮包。

「做個好孩子，把外套穿上。」

Dear 查理，

1959.7.20

我知道你很害怕。但是沒什麼好怕的。我們都割過扁桃腺，你看我們現在都好好兒的。

你把這信收著。在醫生進來之前把它放到枕頭下。他們會給你藥吃，讓你想睡覺。你睡著之前可以想著我的信在那兒。如果你醒來沒看到我，可以伸手到枕頭下把信拿出來再讀一遍。閱讀就像交談，你就想像著我在與你說話。

我很快也就會出現，陪你說話。

然後你想吃多少冰淇淋就吃多少，好不好？

每天都愛你。

媽媽

父母離婚後的家

我父母分開後，有一段時間，我們想辦法維持原來的樣子。但是鄰居不允許。小鎮就像一個節拍器，輕輕撥動一下，節奏就變了。鎮上的人們對妹妹和我比較親切。看醫生的時候，診所會多給我們一人一根棒棒糖；買冰淇淋的時候，舀給我們的那球特別大。在路邊碰到幾個老太太，她們會緊抓我們的肩膀，一本正經問道：「你們這兩個孩子最近過得如何？」對我們來說，這是大人所提的問題。小孩的問法則是：「你最近在幹嘛？」

別人對我們特別和善，對我母親可就不一樣了。那時的人是不離婚的。我認識的孩子當中，沒有人經歷過爸媽離婚這件事。夫妻分開，意味著某種醜聞——至少在我們鎮上是這樣——夫妻中有一人會遭到譴責。

這種譴責落到了我母親身上。主要是因為她人在這裡。沒有人知道萊恩和珀希之間發生了什麼事，但是萊恩走了，而珀希留在這裡接受審判。她不尋求別人的憐憫，不靠在他們肩上哭泣，但這樣無助於改善人們對她的態度。更糟的是，她依舊年輕美麗。對女人來說，她是威脅；對男人來說，她是機會；對小孩來說，她是怪人。想一想就知道，這三種選項都不算什麼好事。

過了一段時間，我察覺到人們看我母親的眼光改變了。在我們去超市推著購物車往前走的時候；或者他們離婚後的第一年裡，她穿著白色護士服、白鞋和白襪開車送妹妹和我去學校上課的時候。她總是會下車，親吻我們，向我們說再見。這時我會敏感察覺到其他媽媽們在旁邊盯著看。蘿貝塔和我覺得不自在，我們倆像逃跑似的衝向校門。

「親媽媽一個。」有一天她彎下腰，把臉靠過來。

「不要。」這一次我說出來了，並向旁邊躲開。

「不要怎麼樣？」

「就是……」我縮起肩膀，向後退。「就是不要嘛。」

我沒辦法看她，所以我看著自己的腳。她停頓了一會兒，然後直起腰。我聽到她抽鼻子的聲音。我感覺到她揉著我的頭髮。

等我抬起眼睛，她的車已經開走了。

一天下午，我和一個朋友在教堂停車場玩丟球接球的遊戲。玩著玩著，兩名修女打開了教堂後門。朋友和我以為自己做錯了事，嚇得動也不敢動。這兩名修女作勢要我上前。她們兩人手上各拿著一個鋁製托盤。我走上前，聞到肉餅和青豆的香味。

「拿去。」一位修女說：「給你們全家吃。」

我不懂她們為什麼要給我食物。但是你好像不該對修女說「不了，謝謝」，所以我接過托盤，端著盤子走回家。我想，這一定是母親特別訂做的東西。

「這是什麼？」我走進屋裡，她問我。

「兩個修女給我的。」

她掀開包在托盤上的蠟紙，聞了聞。

「是你開口向她們要的？」

「不是。我在玩接球。」

「你沒有開口要？」

「沒有。」

「我們不需要食物，查理。我們不需要別人的施捨，如果你以為我們需要，那就錯了。」

我開始防衛自己。我不太了解「施捨」是什麼意思，但我感覺得到，只有某些人才會得到別人的施捨。

「又不是我去要的！」我抗議說：「我根本就不喜歡吃青豆！」

我們看著彼此。

「不是我的錯。」我說。

她從我手上拿過托盤，往水槽扔。她用大勺把肉餅丟進水槽漏水口的垃圾磨碎機。然後是青豆。她的動作狂暴激烈，我目不轉睛看著她。她把所有食物塞進小而圓的磨碎機入口。她打開水龍頭，磨碎機開始轟隆轟隆啓動。音量變高，顯示食物已經磨碎。她取下有磁鐵裝置的蓋子，關掉水龍頭，在圍裙上擦乾雙手。

「好啦，」她轉過身來，面對著我：「你肚子餓了嗎？」

第一次聽到「離婚女人」這個名詞，是在一場美國棒球大聯盟的比賽結束後。教練們把球棒往一輛休旅車後面丟。另一隊有個球員的父親不小心拿起了我的球棒。我跑上前，說：

「那是我的。」

「是嗎？」他在手掌裡搓著球棒。

「對。我用腳踏車把它帶過來的。」

他八成起了疑心，因為大多數孩子是跟著爸爸來的。

「好吧。」他把球棒交給我。然後，他斜著眼看我：「你就是那個離婚女人的孩子，對不對？」

我看著他，一句話也沒說。離婚女人？聽起來很怪異，我不是這樣看我母親的。男人們以前會問我：「你是萊恩·伯納托的孩子，對不對？」現在我不確定到底哪一個身分對我構成比較大的困擾，是身為「離婚女人」這個新字眼的兒子呢，還是不再是原來那兩人的兒子。

「你媽媽近來過得如何？」他問。

我聳聳肩膀。「她過得很好。」

「是嗎？」他說。他的眼光在球場四周梭巡，然後回到我身上。「家裡的粗活，她需要幫忙嗎？」

我覺得母親彷彿就站在我後面，而我是唯一橫梗在他們中間的東西。

「她過得很好。」我又說了一遍。

他點點頭。

如果我們有時候會對別人的點頭感到不信任，那時我就是如此。

那一天我認識了「離婚女人」這個字眼，至於我對這個字眼感到厭恨的日子，我也記得很清楚。母親下班回家，派我去超市買番茄醬和麵包。我決定抄近路，要經過多戶人家的後院。我走到一座磚房的側邊時，看到學校裡兩個年齡較大的孩子擠成一團。其中一個叫里昂的健壯男孩，窩著一塊什麼東西放在胸口。

「嗨，伯納托。」他說得很快。

「嗨，里昂。」我說。

我看看另一個孩子：「嗨，路克。」

「嗨，奇克。」

「你要去哪裡？」里昂說。

「法納利市場。」我說。

「這樣啊？」

「是啊。」

他鬆開手，原來他拿的是望遠鏡。

「這個東西是做什麼用的？」我說。

他轉過臉，面朝樹林。「這是軍用配備。」他說：「是望遠鏡。」

「可以放大二十倍。」路克說。

「讓我瞧瞧。」

他把東西交給我，我把望遠鏡貼上眼睛。望遠鏡鏡框四周還熱呼呼的。我把望遠鏡上下移動，看到混沌的天色，然後看到松林，然後是我的腳。

「他們在打仗時會用這玩意兒，」路克說：「用它來找出敵人的位置。」

「是我爸的。」里昂說。

我討厭聽到那個字。我把望遠鏡還他。

「再見。」我說。

里昂點點頭。

「再見。」

我往前走，但是我的心思起伏。有個什麼地方不對勁。里昂轉過去看對面樹林的速度，太快了，你明白嗎？於是我繞了個圈子，回到這棟磚房後面，藏在樹籬裡面。我所看到的景象，到今天仍然讓我不舒服。

他們兩個靠在一起，不是看向樹林，而是面對另一個方向，面對我家。他們輪流拿望遠鏡朝我家那邊看。我順著他們的視線，看到的是我媽臥房的玻璃窗。我看到我媽的身影在窗格子後面移動，她的臂膀舉到頭頂，我立刻想到：下班回家，換衣服，臥房。我覺得身體一片冰冷。某種東西從我脖子一直穿透到腳底。

「喔喔喔，」里昂低聲咕咕說著：「看看這個離婚女人……」

我從來沒有這麼憤怒過，以前沒有，以後也不會。我兩眼充血，跑向他們，他們的個子比我大，但我從他們後方跳到他們身上，勒住里昂的脖子，痛打一頓，凡是會動的，我就打下去。

散步

我母親穿上她的白色斜紋呢外套，動了動肩膀，讓外套平整。她晚年把時間用來為行動不便、困居家中的老太太化妝與做頭髮。她挨家挨戶拜訪，讓她們保有定期美容的活動。今天她有三個這類「約會」，她說。我跟著她走出車庫，腦子還是發暈。

「查理，你想不想到湖邊散步？」她說：「一天當中，這個時候最舒服。」

我點點頭，說不出話來。從我躺在那片潮濕草地上、瞪著車子的殘骸到現在，到底過了多久時間？還要過多久就會有人找到我？我嘴裡仍有血的鹹味，劇痛如波浪般襲來，前一分鐘還沒事，下一分鐘我就全身都痛。總之我走在故居附近的路上，拎著母親的紫色塑膠布手提包，裡面裝著美髮用品。

「媽，」我終於說：「你怎麼——」

「寶貝兒子，什麼怎麼？」

我清清喉嚨。

「你怎麼會在這裡出現？」

「我住在這裡呀。」她說。

我搖搖頭。

「你早就不住這裡了。」我低聲說。

她抬眼凝視天空。

「你知道，你出生那一天就是這種天氣。很冷，但是很舒服。我是在快黃昏的時候開始痛的，你記得嗎？」（說得一副我應該回答「是啊，我記得」的樣子。）「那個醫生，叫什麼名字來著？拉波索？對，拉波索醫生。他對我說我必須在六點以前生出來，因為他太太那天晚上要做他最愛吃的菜，他不想錯過晚餐。」

這件事我聽過了。

「炸魚柳。」我低聲說。

「炸魚柳。你想得到嗎？這麼容易做的菜色。你會以為，他急著趕回家吃晚餐，好歹要吃牛排吧。算了，反正我不在乎。後來他也吃到了他的魚柳。」

她一臉頑皮神情看著我。

「而我得到了你。」

我們往前走了幾步。我額頭一陣劇痛。我用手腕內側揉揉額頭。

「怎麼了，查理？你哪裡痛嗎？」

這個問題如此單純，單純到簡直無法回答。痛嗎？我該從哪裡說起？車禍？從高處一躍而下？喝了三天三夜的酒？那場婚禮？我自己的婚姻？憂鬱症？過去八年的生活？我什麼時候覺得不痛？

「媽，我過得不太好。」我說。

她繼續走，審視著草地。

「你知道，我跟你爸結婚後，足足三年裡我都想要有小孩。在以前那種年頭，花了三年時間想要懷孕，這可不算短。大家都覺得是我有問題。我也以為自己有問題。」

她輕輕柔柔吐出一口氣。「我沒法子想像沒有子女的人生。有一次，我甚至——等一下，我們去看一看。」

她領著我，走向我家房子附近一處轉角的一棵大樹。

「有一天深夜，我睡不著。」她用手摩搓著樹皮，彷彿要從泥土裡挖出一件古老寶藏：「哦，還在。」

我往前靠過去。樹的側邊刻著「求求你」。字跡小而歪扭。你必須仔細看才能發現，但是它在。「求求你」。

「不是只有你和蘿貝塔才會刻字。」她笑著說。

「這是什麼？」

「禱告的話。」

「你在求一個孩子？」

她點點頭。

「你在求我？」

又一次點頭。

「你在樹上求?」

「樹木整天都在仰望上帝呀。」

我扮了個鬼臉。

「我懂你意思。」她舉起手，做出投降的姿勢。「你覺得‥媽，你實在太天真。」

她再一次觸摸樹皮，發出嗯哼的吐氣聲音，彷彿在回想自從那天下午我出生後多年來發生的所有事情。我在想，如果她知道了我這一趟經過，不曉得她會不會發出別的聲音。

「所以，」她放下手‥「現在你知道，有一個人曾經多麼渴望得到你，查理。有時候，做子女的人會忘記這一點。他們以為自己是父母的負擔，不知道自己是一個得到實現的願望。」

她挺直身子，拉平外套。我想哭。一個得到實現的願望?上一次有人對我說出類似的話是多久以前的事了?我真應該懂得感激的。我也真該為我轉過身不敢面對自己生活而感到羞愧的。然而我以前既不懂得感激，也不知羞愧，只顧著喝酒。我一心想進入酒吧的黑暗裡，渴望能在幽暗的燈泡下，一杯一杯喝盡，嚐到酒精令人麻醉的味道，因為我知道，只要酒精進入我體內，它就能快快把我帶走。

我走向母親，把手往她肩頭放。我微微期待著，我的手一落在她肩上，就會穿過她身體，像恐怖電影中的情節。但是事情不像我想的那樣。我的手放在她肩上，我感覺到衣服底下，她窄窄的骨頭。

「你死了。」我脫口而出。

突然吹來一陣微風，捲走了落葉。

「你太會幻想了。」她說。

珀希・伯納托很健談，大家都這麼說，然而她又和許多健談的人不一樣，因為她也很能傾聽。在醫院裡，她聽病人說話，在炎熱夏日的沙灘椅上，她聽鄰居說話。她喜歡聽笑話。只要有人說話逗她發笑，她會用手去推對方的肩膀。她很迷人。大家都這麼看她：迷人的珀希。

那顯然是在我父親那雙大手還攬住她的時候，大家那樣看她。她一離了婚，脫離他的掌握，其他女人就不要這股魅力靠近自己的丈夫。

因此，我母親失去了她所有的朋友。她還不如染上瘟疫，情況可能都沒那麼慘。她和我父親以前經常與鄰居玩撲克牌，現在呢？結束了。生日慶生活動的邀約呢？沒有了。七月四日國慶假期，處處聞到烤肉的炭香——但是沒有人邀請我們參加烤肉聚會。聖誕節期，你會看到家家戶戶門前停了許多汽車，從玻璃窗看進屋裡，可以看到大人們開心交談。但是我母親在我們自家廚房裡揉著麵糰做餅乾。

「你不去參加那個聚會？」我們問她。

「我們就在這裡聚會。」她說。

她讓我們覺得這是她的選擇。就我們三個。我在很長一段時間裡都認為除夕是一個家人相聚的節日，它代表澆上巧克力糖漿的冰淇淋，以及電視上歡鬧聚會的人群。後來我才知道，我那些青少年時期的朋友們在除夕夜會把家中酒櫃裡的酒喝光，因為他們的父母晚上八點鐘就一身盛裝，出門去了。

「你是說，你在除夕夜跟你媽困在一起？」他們問。

「對。」我悲嘆道。

然而，被困住的人，是我那個迷人的母親。

我沒有站出來支持母親的時候

我爸離開的時候，我已經不再相信世上有聖誕老人這回事了，但是那時我妹蘿貝塔才六歲，她還是依照慣例如常進行：放幾片餅乾，寫張字條，躡手躡腳走到窗邊，手指著星星問：「那是馴鹿嗎？」

少了爸爸、我們自己度過的第一個十二月，母親想做點特別的事。她找來全套的聖誕老人服：紅外套、紅長褲、靴子，還有假鬍子。聖誕夜，她要蘿貝塔九點半上床，而且她做什麼都行，就是不可以在十點整的時候走進客廳——當然囉，她說了這麼一番話之後，表示蘿貝塔在九點五十五分一定會溜下床，像隻老鷹似的守候著。

我拿著手電筒跟在妹妹後面。我們坐在樓梯上。屋裡突然變暗。我們聽到窸窸窣窣的聲音。妹妹緊張得直喘氣。我打開手電筒。蘿貝塔壓低聲音說：「不要打開啦，奇克！」

於是我把手電筒關掉。然而，由於我到了那個年齡，於是我又打開手電筒——這一照，便照見我母親身穿聖誕老人服，手拿一個枕頭套。她轉過身，努力發出低沉的笑聲：「呵！呵！呵！誰在那裡？」我妹妹趕緊往後躲，但是我出於某種理由一直用手電筒照著母親，對準她那戴了鬍子的臉，使得她必須用沒有拿東西的那隻手遮住眼睛。

「哈！哈！」她又說。

蘿貝塔縮著身體，趴著，像一隻蟲子。她不時從指縫間往外偷看。她低聲說：「奇克，關掉手電筒。你會把他嚇走！」但我只覺得這樣的場面實在荒謬可笑，我看到了從現在起我們要在一切事上都裝出一個樣子：假裝餐桌前大家都坐齊了，一起吃晚餐；一個由女性假扮的聖誕老人，假裝我們家還是個完整的家，而不是四分之三的家。

「是媽媽扮的。」我口氣平板。

「哈！哈！哈！」母親說。

「不是！」蘿貝塔說。

「那根本就是媽媽裝扮的啦，你這笨蛋。聖誕老人不是女的。你笨死了。」

我繼續拿手電筒照著母親。我看到她的姿態改變了——她的頭往後仰，肩膀垂下，好像一個逃跑的聖誕老人被警察抓到了。蘿貝塔哭了。我看得出來母親想對我大吼，但是她不能這麼做，否則她的身分就會被拆穿，所以，她的目光從聖誕老人帽和棉花做的鬍子之間射出來，瞪著我。我在這屋子的每一個角落都感覺到了我父親的缺席。最後，媽媽把裝滿小禮物的枕頭套扔在地板上，沒有說「哈！哈！哈！」就走出了大門。妹妹爬上床，嚎啕大哭。只剩下我拿著手電筒待在樓梯上，照著空無一人的房間和一棵聖誕樹。

蘿絲老太太

我們繼續往前走，穿過老家附近的街路。至此，我已經模模糊糊接受了這個——你會怎麼描述它？——這個暫時失去理智的狀態？不管我母親要上哪裡去，我都會跟著她，一直到我做的事追上我——不管我做的是什麼事。老實說，我不完全希望眼前事物就這樣結束。當你所失去的那個親愛的人重新出現在你面前，會對抗這件事的，不是你的心，而是你的理智。

她的第一個「約會」住在立海街中段的一座小磚房，距離我們家只有兩個街口。這棟房子的門廊裝設了遮雨棚，還有一個花壇，裡面裝滿了小石子。早晨的空氣似乎太清新了，陽光很怪異，把景物的邊緣照得太鮮明太銳利，彷彿是用墨水畫出來的線條。除了我媽之外，我還沒有看到第二個人，可是現在時間不早了，大多數人應該要出門工作了才是。

「敲門。」母親對我說。

我敲了。

「她重聽。敲響一點。」

我用力敲門。

「再敲一下。」

我猛拍門板。

「不要這麼用力。」她說。

門終於開了。一位老太太穿著長罩衫，手撐著助行器，努力咧開嘴，露出一個帶著困惑意味的微笑。

「蘿絲，早安。」母親用唱歌的聲調說：「我帶了一個年輕人來。」

「哦——」蘿絲說。她的聲音非常高，幾乎像鳥叫：「是啊，我知道。」

「你還記得我兒子查理吧？」

「哦——是啊，我知道了。」

她往後退幾步，對我們說：「進來。進來。」

房子小小的，收拾得很乾淨，而且彷彿被凍結在一九七〇年代。深藍色的地毯。長沙發上鋪著塑膠布。我們跟著她走進洗衣房。走在蘿絲和她的助行器後面，我們的腳步變得不自然，以緩慢的小碎步前進。

「蘿絲，今天還好嗎？」我母親問。

「哦——好呀。你來就好了。」

「你還記得我兒子查理嗎？」

「哦——記得啊。帥哥。」

她背對著我，說出這句話。

「蘿絲，你的孩子們怎麼樣？」

「什麼怎麼樣？」

「你的孩子們怎麼樣啦？」

「哦——」她揮揮手：「他們一個禮拜來看我一次。像買菜似的。」

這一刻，我看不出蘿絲是誰，或者說，羅絲是什麼東西。她是幽靈嗎？她是有血有肉的真人嗎？她的家倒是讓人覺得足夠真實。屋裡有暖氣，空氣中還懸浮著早餐的烤麵包香味。我們走進洗衣房，水槽邊擺著一張椅子。收音機裡播放著某個大樂隊演奏的曲子。

「年輕人，幫我關掉那個，好不好？」蘿絲背對著我說：「關掉那台收音機。我有時候把它開得太大聲了。」

我找到音量的按鈕，把它關上。

「真可怕，你聽到了嗎？」蘿絲說：「高速公路發生車禍。剛才廣播新聞裡說了。」

我呆住。

「一輛汽車撞上一輛卡車，那汽車又撞上一個大廣告牌，把它給撞倒了。真可怕。」

我審視母親的臉，等著她轉向我，要我坦白說出事情的經過。**好漢做事好漢當，自己做了什麼就要承認，查理**。

「蘿絲，新聞報導讓人心情不好。」她一面說，一面把提袋裡的東西拿出來。

「哦——是啊，」蘿絲說：「真是這樣沒錯。」

等一下。這件事兒，她們是知道了呢，還是不知道？一陣冰冷的恐懼朝我襲來，彷彿就要有人來敲打著窗戶，叫我出去。

但是，沒有。只見蘿絲把她的助行器轉個方向，然後她的膝蓋轉個方向，最後轉動她瘦巴巴的肩膀，朝我走過來。

「你真好，陪你媽度過一整天的時光。」她說：「子女應該多多這麼做。」

她抖著的一隻手，放向水槽旁一張椅子的椅背上。

「現在，珀希，」她說：「你還能讓我變美麗嗎？」

也許你會想知道我母親為什麼變成美髮師。我前面說她曾經當過護士，而且她真心喜愛這項職業。她擁有像深井一般源源不絕的耐心，使得她總能仔細為病人包紮繃帶和抽血，並且用開朗的方式回答無數憂心忡忡的問題，安撫人心。男性病患喜歡身邊有這樣一個年輕貌美的護士；女性病人則感謝我母親為她們梳理頭髮或塗上口紅。在那時代，為病人塗口紅並不是醫院規定護士要做的工作，但是我母親在我們的郡立醫院裡可不是只為少數幾個住院女病人塗口紅。她相信為病人塗口紅可以讓她們覺得舒服一些。住院不就是為了讓人覺得舒服？「你不該進了醫院之後就在醫院裡等著變憔悴。」她說。

有時，在晚餐時間，她會帶著一種遙遠的神情談到「可憐的哈佛森太太」和她的肺氣腫，或是講起「可憐的羅伊・恩狄卡」和他的糖尿病。有時她不再談起某個人，我妹妹便會問：「葛琳斯基老太太今天做了什麼？」母親回答：「她回去了，寶貝。」我父親揚起眉毛，看她一眼，然後繼續咀嚼食物。我長大以後才知道，「回去了」的意思是「死了」。總之，就是在這種時刻，我父親會換個話題來談。

我們這個郡只有一家醫院。我父親離開後，母親就盡量多值班，這表示我妹妹放學時，她不能到學校接妹妹。所以多半是我去接蘿貝塔。我帶她走路回家，然後自己騎腳踏車到球場練習棒球。

「你覺得爹地今天會回來嗎？」妹妹問。

「不會回來。你笨蛋。」我說：「他今天為什麼會回來？」

「因為草長高了，他必須割草。」她會這樣說。或者說「因為有很多落葉要掃」，或者「因為今天是星期四，媽咪星期四會煮羊肉來吃」。

「我不覺得那是什麼值得他回來的好理由。」我說。

她會等我說完，然後再理所當然提出下面這個問題。

「奇克，那他為什麼要離開？」

「我不知道！他就是走了，拜託你好嗎？」

「這也不是一個好理由。」她喃喃說著。

那年我十二歲，妹妹七歲。有一天我和她走出校園，聽到一聲喇叭聲。

「是媽咪！」蘿貝塔往前跑。

奇怪的是，母親沒有下車。母親覺得對著人按喇叭是不禮貌的舉止。許多年後，她警告妹妹說，不肯下車、走到家門口來接妹妹的男孩，就不值得跟他約會。但是此刻她留在車裡，所以我跟在妹妹後面，過了街，上了車。

母親看起來不對勁。她的眼睛下方黑成一片，而且她不斷清喉嚨。她沒有穿白色的護士服。

「你幹嘛來這裡？」我問。那段時間我是這麼跟她說話的。

「給你媽親一個。」她說。

我把頭伸到前座，她吻了我的頭髮。

「他們讓你提早下班？」蘿貝塔問。

「對，甜心，類似這樣的事情。」

她抽了抽鼻子，看著後照鏡，把眼皮四周的黑色睫毛膏擦掉。

「要不要吃點冰淇淋？」她說。

「要！要！」妹妹說。

「我要練球。」我說。

「今天偷懶一次，好嗎？」

「不要！」我抗議：「不能不練。我一定要去練球。」

「誰說的？」

「教練和大家都這樣說。」

「我要去！我要吃甜筒！」蘿貝塔說。

「趕快吃一下就走，好嗎？」母親說。

「不要！可以嗎？」

我抬起頭，直直瞪著她。她那天的樣子，是我以前從沒看過的。母親看起來茫然失措。

後來我才明白，那天，她被醫院炒魷魚了。後來我才明白，醫院有些員工認為，她對男性醫師太具有吸引力了，因為她恢復了單身。後來我才明白，醫院裡的一個高階主管對我母親做出某些舉動，母親提出申訴，指出他那些不適當的行為。她為自己站出來，而她得到的回報是醫院對她說：「這樣下去不是辦法。」

你知道嗎，很奇怪的，當我看著她的眼睛，我就什麼都知道了。當然我知道的不是細節，但，失落就是失落。我了解這種眼神。因為我也有過。我恨她流露出這種眼神。我恨她與我一樣軟弱。

我下了車，說：「我一點也不想吃冰淇淋。我要練球。」我走過街，這時妹妹把頭伸出車窗外大喊：「要不要我們帶一個甜筒回來給你？」我心想，你實在太笨了，蘿貝塔，你不知道甜筒會融化嗎。

我沒有站出來支持母親的時候

她發現了我的香菸。在我房間擺襪子的抽屜裡。這年我十四歲。

「這是我的房間耶！」我喊道。

「查理！我們談過了！我叫你不要抽菸！抽菸是最壞的一件事了！你到底怎麼了？」

「你是僞君子！」

她停住了。她的脖子變得僵硬。「不許你說那個字眼。」

「你自己就可以抽菸！你是僞君子！」

「不許你說那個字眼！」

「媽，爲什麼不可以？你總是要我在句子裡使用偉大的字眼。這裡就有一個句子。你抽菸。我卻不能。我媽媽是僞君子。」

大聲說出這些話的時候，我覺得很感動；這股感動給了我力量和信心，彷彿她不能打倒我。這時候，她已經在美容院找到工作。她不再穿白色的護士服去醫院工作，而是穿著時髦的服裝去上班——比方她現在就穿著湖綠色襯衫和及膝的五分褲。這些衣服襯托出她的身材。我討厭它們。

「我要把這些香菸拿走。」她喊著，一把抓起香菸：「先生，你被禁足了。」

「我不在乎！」我瞪著她：「你為什麼要穿成這樣？我覺得你好噁心！」

「你覺得我什麼？」她撲過來，打我耳光：「我什麼？你覺得我」——啪！——「噁心？」——啪！——「你覺得我噁心？」——啪！——「你剛才是這麼」——啪！——「說的嗎？」——啪！啪！——「是嗎？你是這樣看我的嗎？」

「不是！不是！」我大叫：「別打了！」

我抱著頭，逃開了。我沿著樓梯跑下樓，跑出車庫。我待在外面。一直到深夜。我再回到家時，她臥室的門關著，我聽見她哭泣的聲音。我回到自己的房間。香菸還在。我點燃一根菸，也哭了。

孩子們覺得難堪

蘿絲仰躺著，把頭往下垂進水槽裡。我母親把一個水管裝置與水龍頭接起來，用溫柔的動作把水灑在她頭髮上。她們顯然有一整套例行做法。她們墊好枕頭和毛巾，讓蘿絲的頭放正，然後，我母親就用空著的那隻手清洗蘿絲濕透的頭髮。

「親愛的，水夠不夠熱？」我母親說。

「哦——可以，親愛的。很好。」蘿絲閉上眼睛：「你知道嗎，查理，從以前我年輕的時候開始，你媽就幫我做頭髮了。」

「你的心還很年輕哪，蘿絲。」母親說。

「我只剩這個還年輕。」

她們笑出聲來。

「我進美容院，只找珀希幫我做頭髮。如果珀希不在，我就隔天再來。『要不要別人幫你做？』他們問我。但我說：『除了珀希，我不要別人碰我。』」

「你太可愛了，蘿絲。」母親說：「不過其他的美髮師也很好呀。」

「哦，親愛的，你別說話。讓我吹牛一下吧。查理，你母親永遠有時間幫我弄頭髮。等到我實在沒辦法自己去美容院了，她就來我家。每星期都來。」

她顫抖的手指輕輕點著我母親的手臂。

「親愛的，謝謝你為我做這件事。」

「不客氣，蘿絲。」

「你真是個美人兒。」

我看著母親露出笑容。她怎麼會因為替別人洗頭而感到如此自豪？

「你應該看看查理的女兒，蘿絲。」母親說：「談到美人，她才真是萬人迷哪。」

「是嗎？她叫什麼名字？」

「她叫瑪麗亞。查理，她是萬人迷，對不對？」

我該怎麼回答這個問題？她們最後一次看到彼此，是在母親去世的那天。那是八年前的事了。那時瑪麗亞還是十幾歲的少女。我怎麼告訴她，從那次到現在發生了多少事？我怎麼告訴她，我已經被排除在女兒的生活之外？怎麼告訴她，我女兒結了婚，冠了夫姓？怎麼告訴她，我潦倒到這種程度，所以她的婚禮不讓我參加？以前女兒好愛好愛我，她真心愛我。我下班回到家，她總是跑向我，高舉雙手喊著：「爹地，抱我！」

怎麼會變這樣？

「瑪麗亞覺得我很丟臉。」我終於說出口了，說得口齒不清。

「別傻了。」母親說。

她朝我看，兩手搓著洗髮精。我低下頭。我想喝酒。好想好想喝。我感覺得到她的目光。我聽到她的手指揉搓蘿絲頭髮的聲音。好多事都讓我在母親面前覺得丟臉，其中最糟糕的一件事就是，我是個差勁的爸爸。

「蘿絲，你知道嗎？」她突然說：「查理向來不讓我給他剪頭髮。你能相信嗎？他一定要上理髮店去剪。」

「這是為什麼？」

「哦，你知道，他們到了某個年紀，就會說：『走開，媽，你走開啦。』」

「孩子會因為父母而感到難為情。」蘿絲說。

「孩子會因為父母而感到難為情。」我母親重複了一遍蘿絲的話。

這是真的。青少年時代，我把母親推開，不讓她接近我。看電影的時候，我不肯坐在她旁邊。她的親吻讓我尷尬得拼命扭動身子想逃開。她的曼妙身材使我覺得不自在。我對於她是我身邊惟一一個離婚女人的這件事感到憤怒。我希望她的行為舉止和別人的媽媽一樣，穿家常便服，製作家庭生活的剪貼簿，烤巧克力蛋糕。

「有時孩子會說些難聽的話，對不對，蘿絲？你會想問：『這到底是誰家的孩子？』」

蘿絲吃吃笑著。

「可是，他們往往只是因為出於痛苦。他們需要解決這種痛苦。」

她看了我一眼。「查理，你要記住，有時候孩子們會想用他們受到傷害的方式來傷害你。」

用他們受到傷害的方式來傷害你？我做了什麼？我是不是想從母親臉上看到父親讓我感覺到的被排斥的痛苦？我的女兒是不是也對我做了同樣的事？

「媽，我沒有別的意思。」我低聲說。

「什麼沒有別的意思？」

「我覺得難為情。因為你，或是你的衣服，或是，你的處境。」

她沖掉手上的洗髮精，然後沖洗蘿絲的頭皮。

「孩子會覺得自己母親使得自己難堪，」她說：「是因為活得還不夠久。」

小房間裡掛著咕咕鐘，它打破了沉默，發出小小的響聲與機械滑動的聲音。我母親用梳子和剪刀修剪蘿絲的頭髮。

電話鈴聲響起。

「親愛的查理，」蘿絲說：「可以幫我接電話嗎？」

我走進隔壁房間，循著電話鈴聲一直走。然後我看到廚房外牆上掛了一具電話。

「哈囉？」我對著話筒說。

這時，一切都變了。

「查爾斯・伯納托？」

一個男人嘶喊著。

「查爾斯・伯納托！你聽得到我說話嗎，查爾斯？」

我嚇呆了。

「查爾斯？我知道你聽得到！查爾斯！發生了車禍！跟我們說話！」

我兩手顫抖著把話筒掛回去。

母親站出來支持我的時候

父親離開三年了。夜裡，我會被妹妹沿著走廊往前走的聲音吵醒。她老是要跑進母親臥房裡。我把頭埋進枕頭，繼續睡。

「查理！」母親突然出現在我的房間，她低聲說：「查理！你的球棒在哪裡？」

「什麼？」我口齒不清，用手肘撐起上身。

「噓！」我妹妹說。

「球棒。」母親說。

「要球棒幹什麼？」

「噓！」妹妹說。

「她聽到了一些聲音。」

「有強盜闖進家裡嗎？」

「噓！」妹妹說。

我的心猛烈跳動。我們小孩子聽說過「飛貓賊」（我們以爲這種賊是專門偷貓的），也聽說過侵入別人住家、把屋裡的人綁起來的闖賊。我立刻想像我們遇到了更糟的情況：有人侵入我們家，目的是殺死全家人。

「查理，球棒呢？」

我指著衣櫃。我的胸口鼓起。她找到了我的黑色球棒。妹妹鬆開她原先握住母親的手，跳到我床上。我的手緊緊扣住床墊，我不確定自己該扮演什麼角色。

母親打開房門。「留在房裡。」她輕聲說。我想告訴她，她握棒的姿勢不正確，可是她已經走出房門。

妹妹在我身邊顫抖。我覺得自己很丟臉，留在房間裡與妹妹在一起。因此，儘管妹妹緊緊抓著我睡衣的一角，緊到簡直要把衣服拉斷了，我還是下了床，溜到門邊。

在走廊上，我聽見房子的許多角落嘎吱嘎吱發出聲響，我把每一個聲音都想像成是有賊拿著刀逼近。我聽見輕輕一聲「砰」。我聽見腳步聲。我想像有一個巨大而紅通通的野獸般的人物走上樓梯，尋找妹妹和我。然後，我聽到一個眞實的聲音，一種打碎東西的聲音。然後，我聽到……說話的聲音？是人說話的聲音嗎？是。不，不對，等一下，是母親的聲音，對不對？我想衝下樓梯。我想跑回床上。我聽見某種低沉的聲音——是另一個人的聲音嗎？一個男人的聲音？

我嚥了一口口水。

過了一會兒，我聽到一扇門關上的聲音。重重關上。

然後，我聽見腳步聲逐漸接近。

母親人還沒到，聲音先到。「沒事了，沒事了。」她用正常的聲音說，不再壓低喉嚨。她快步走進房間，揉一揉我的頭，再走向妹妹。她丟下球棒，球棒落到地上，發出匡啷聲響。妹妹在哭。「沒事了。沒什麼。」母親說。

我倚牆坐下。母親抱著妹妹。她吐了一口長長的氣，我沒有聽過比那更長的吐氣聲。

「是誰？」我問。

「沒事，沒有誰。」她說。可是我知道她在撒謊。我知道是誰。

「過來這裡，查理。」她伸出手，我慢慢起身，手臂垂在身體兩側。她把我拉向她，但是我抗拒著。我在生她的氣。我會一直生她的氣，一直到有一天我離開這個家再也不回來。我知道那人是誰。我氣她不許父親留下來。

「好了，蘿絲。」我走進這房間的時候，母親說：「等一下你就會變漂亮啦。再過半小時就行。」

「親愛的，是誰打電話來？」蘿絲問我。

我勉強搖了搖頭。我的手指抖個不停。

「查理？」母親問：「你還好吧？」

「不是……」我吞了口口水：「對方沒有開口。」

「也許是推銷員。」蘿絲說：「要是男人接起電話，推銷員會害怕。他們喜歡我這種老太太。」

我坐了下來。突然覺得精疲力竭，疲倦得沒有力氣抬起下巴。剛才發生了什麼事？那是誰的聲音？那人為什麼知道來這裡能找到我，卻不直接上門來抓我？我努力推想，卻更感覺頭暈眼花。

「你是不是累了，查理？」母親問。

「我只是……給我一點時間。」

我閉上眼睛。

「睡吧。」我聽到一個聲音這樣對我說，但是我無法分辨是兩個女士之中哪一個說的。

瞧我虛弱到這種程度。

母親站出來支持我的時候

我十五歲。生平第一次需要刮鬍子。我的下巴和嘴唇上方長出稀疏的毛髮。有一晚，蘿貝塔睡著以後，母親把我叫到浴室去。她為我買了一把吉列牌安全刮鬍刀、兩片不銹鋼刀片，以及一管刮鬍膏。

「你知道怎麼刮鬍子嗎？」

「當然。」我說。但我完全不曉得該怎麼做。

「來吧。」她說。

我把刮鬍膏從管子裡擠出一團，抹在臉上。

「把它塗勻。」她說。

我把刮鬍膏塗開，再塗開，直到臉頰和下巴都塗勻了。我拿起刮鬍刀。

「小心。」她說：「往同一個方向刮，不要來回亂刮。」

「我知道。」我不高興。在母親面前做這件事，讓我覺得不自在。應該是在父親面前刮鬍子才對。她知道。我也曉得。但是我們兩人都沒有說出來。

我照著她的指令做。我往同一個方向刮，看著刮鬍膏被括推出一道寬寬的線痕。刮鬍刀擦過下巴時，刀片卡住了，我感覺下巴割傷了。

「唔，查理，你還好吧。」

她朝我伸出手，然後又把手縮回去，彷彿知道不應該這樣做。

「別擔心。」我說，並且決定繼續刮。

她在旁邊看。我繼續刮。我把刮鬍刀往下拉，推過下顎和脖子。我刮好後，她用一隻手托住腮，微笑著，然後以英國腔低聲說：「老天啊，你會了。」

這話讓我心情舒暢。

「現在把臉洗乾淨。」她說。

我沒有站出來支持母親的時候

萬聖節到了。十六歲的我，年紀已不再適合挨家挨户要糖吃了。但是妹妹要我吃完晚餐後帶她出去要糖果——她深信天黑以後要到的糖果比較好——我並不情願，勉強答應她說只要我女朋友瓊妮能陪著我們，我就帶她出去。瓊妮讀高二，是啦啦隊隊長。那時我是棒球校隊的明星球員。

「我們走遠一點，這樣就可以要到各種新的糖果。」妹妹說。

外面很冷，我們把手塞在口袋裡，一家一家要糖吃。蘿貝塔把要來的糖果放進一個褐色牛皮紙袋裡。我穿著棒球外套。瓊妮穿著啦啦隊制服的長袖上衣。

「不請客，就搗亂（Trick or treat）！」一扇門開了，妹妹叫道。

「親愛的，你是誰？」這個女人說。她年紀與我母親相當，我猜；但她是紅頭髮，身穿家常便服，而她的眉毛畫得實在不高明。

「我是一個海盜。」蘿貝塔說：「唔嗯。」

女人笑了，把一塊巧克力棒扔進妹妹的袋子，彷彿把一毛錢丟進撲滿。它撲通一聲進了袋。

「我是她哥哥。」我說。

「我是……跟他們一起的。」瓊妮說。

「我認識你們的爸媽嗎？」

她正打算再把兩塊巧克力點心棒丟進妹妹的袋子。

「我媽是伯納托太太。」蘿貝塔說。

女人的手停下來。她收回巧克力棒。

「你說的不是伯納托小姐吧？」她說。

我們三個都不知道該說什麼話才好。眼前這個女人的表情變了，那雙畫出來的眉毛緊緊皺著。

「你們幾個小甜心，聽著。告訴你媽，我丈夫沒有必要每天去他店旁邊的美容院，看她表演時裝秀。叫她不要動這個鬼腦筋，聽到了嗎？不要動鬼腦筋。」

瓊妮看向我。我的頸子後方如同火燒。

「走吧，蘿貝塔。」我喃喃説著，並拉她走開。

「一定是家族遺傳。」這個女人說：「你們看到什麼都想沾。你把我的話告訴她！不要動鬼腦筋，聽到了嗎？」

這時我們已經快要走出她家前面的草地。

蘿絲說再見

我們走出蘿絲的家。這時，太陽比剛才更亮了。蘿絲跟在我們後面，送我們到門廊。然後她停下來，她的助行器倚著鋁門框。

「蘿絲，親愛的，再見。」母親說。

「親愛的，謝謝你。」她說：「很快就會再見面了。」

「當然囉。」

母親吻上她的臉頰。我必須承認，她做了一件好事。蘿絲的頭髮很整齊，有型有款，她看起來比我們剛進來的時候年輕了許多歲。

「你好漂亮。」我說。

「謝謝你，查理。這是為了一個特別的場合。」

她雙手握著助行器的把手。這時她調整了手的角度，重新握住助行器。

「什麼場合？」

「我要去和我丈夫見面。」

我沒有問起見面地點在哪兒；因為，萬一，你知道的，萬一他人在老人院或是醫院什麼的。於是我脫口而出：「是嗎？這樣很好啊。」

「是的。」她輕柔地說。

母親在她的外套上拉起一根脫落的線，然後看著我，笑了。蘿絲往後，讓門關上。

我們小心翼翼走下階梯，母親攙著我的手臂。我們走上人行道，她示意要往左，於是我們左轉。太陽差不多到了我們頭頂。

「查理，吃點午餐好嗎？」她說。

我差點兒笑出來。

「怎麼了？」母親說。

「沒什麼。當然好。吃午餐。」這和其他的一切同樣有道理。

「現在你覺得好一點了嗎？打過盹之後？」

我聳聳肩：「大概吧。」

她充滿憐愛地拍一拍我的手。

「她快死了，你知道。」

「誰？蘿絲？」

「嗯。」

「我不明白。她看起來很好啊。」

她斜睨著太陽。

「她今天晚上就會走。」

「今天晚上？」

「對。」

「但是她說，她要去見她丈夫。」

「她是要去見他沒錯。」

我停下腳步。

「媽，」我說：「你是怎麼知道的？」

她笑了。

「我在幫她做準備。」

第三部　正午

奇克與大學

我想，我上大學的那一天是我母親一生中最快樂的日子。至少那天展開的時候她是快樂的。這所大學答應為我支付一半的學費，作為給我的棒球獎學金。然而，我母親對她的朋友說起時，只提起「獎學金」——她鍾愛這個詞，因而蓋住了其他可能性，別人無從得知這學校收我是要我去打球，不是去讀書。

我還記得她開車送我上大學的那個早晨。天沒亮她就醒了。我搖搖晃晃走下樓梯，餐桌上有豐盛的早餐等著我：鬆餅、煎培根、炒蛋——六個人也吃不完這麼多食物。蘿貝塔想跟我們一起去，但我說不可能——我是說，我得跟著媽媽同行已經夠難堪了——所以羅貝塔吃掉一整盤澆滿糖漿的法式吐司，以此安慰自己。我們把她放在鄰居家，然後便展開四小時的車程。

由於這一天對我母親來說是重要場合，所以她穿上了她的一整組「行頭」——紫色長褲套裝、絲巾、高跟鞋和太陽眼鏡。她堅持要我穿上白襯衫，戴上領結。「你是去上大學，不是去釣魚。」她說。我們穿成這樣，光是出現在鎮上就已經夠糟了；請記得這是一九六〇年代的大學，這時候的大學生，穿得越不得體，就顯得越是正確。所以，當我們進入校園，走出我們的雪佛蘭斜背車時，四周全是腳踩涼鞋身穿及地長裙的女孩，以及一身背心短褲、長髮蓋住耳朵的男孩。我們兩人，一個繫領結一個穿紫色套裝，這使得我再次覺得，母親把一道可笑的光射在我身上。

她想知道圖書館在哪裡。她找到了一個人為我們指路。「查理，你看這些書。」我們在一樓繞行，她驚嘆：「你在這裡面待四年也讀不完幾本書。」

走到每一個地方，她都用手指指點點。「你看！那個小隔間——你可以在那裡讀書。」還有，「你看，自助餐廳的那張餐桌，你可以在那裡吃東西。」我忍受著這些，因為我知道她等一會兒就離開了。可是，就在我們走過草地時，一個美麗的女孩吸引了我的視線——她嚼著口香糖，塗了白色唇膏，額頭有瀏海——而我也吸引了她的目光。我繃緊了臂膀上的肌肉，心想，她說不定會是我上大學後交的第一個女友？就在這一刻，我母親說：「我們帶了你的盥洗用具嗎？」

該如何回答這個問題？帶了沒帶？還是頂她一聲「拜託啦，媽！」怎麼回答都很糟糕。這女孩從我們身邊走過，大笑了幾聲；但也許只是我自己的想像。總之，我們並不存在於她的宇宙裡。我看著她搖曳生姿，走向兩個躺在樹下的傢伙。她朝其中一個的嘴唇親吻，然後在他們旁邊躺下，而這時我跟我媽在一起，聽她問盥洗包的事。

一小時後，我拎著行李，來到學校宿舍的樓梯間。母親拿著我的兩支「幸運」球棒。我曾用這兩支球棒擊出派普維爾郡棒球協會迄今的最佳全壘打數紀錄。

「給我，」我伸出手：「我可以拿球棒。」

「我跟你去。」

「不用了，沒關係。」

「但是我想看看你的房間。」

「媽。」

「什麼？」

「好了啦。」

「什麼？」

「你知道的。好了啦。」

我想不出我還能說什麼不讓她傷心的話，於是我只把手更往前伸。她的臉垮下來。我比她高十五公分。她把球棒交給我。我把球棒平放在行李上。

「查理，」她的聲音變得輕柔，聽起來有點不一樣。「親你媽媽一下。」

我放下行李，往她那邊靠過去。就在這時，兩個年齡較大的學生蹦蹦跳跳走下樓梯，他們的腳步砰砰作響，大聲說話大聲笑。我出於本能，從母親身邊跳開。

「借過。」他們走過我們時，其中一個說。

他們一走，我就往前靠，希望母親吻我臉頰就好。但是她用兩隻臂膀抱住我脖子，把我往她那邊拉。我聞到她的香水，她的髮膠，她的乳液，為了這個特殊日子，她所喝下的和所擦上的各種東西的味道。

我向後退開，提起行李，開始爬樓梯，把母親留在宿舍的樓梯間。這是她一生中最接近大學教育的地方。

中午時分

「凱撒琳好嗎？」

我們走進她的廚房，聽她的話在這裡吃午餐。我自從獨立以後，大部分是在酒吧的高腳凳上吃午餐，或是買速食店的外賣當作午餐。但我母親向來不喜歡出去吃。她說：「我們幹嘛花錢買難吃的東西吃？」她這個論點在我父親離開後就變得說不過去了。我們在家吃，是因為我們負擔不起在外面餐廳吃飯的花費了。

「查理？親愛的？」她又說：「凱撒琳好嗎？」

「她很好。」我說謊了。其實我完全不知道凱撒琳過得如何。

「瑪麗亞為了你而感到羞恥，這是怎麼回事呢？凱撒琳怎麼說？」

她托著盤子，盤中擺著三明治——裸麥麵包、烤牛肉、蕃茄片和芥茉醬。方形麵包以斜對角的方式切開，切成兩個三角形。我想不起我上一次看到有人把三明治的麵包這麼切，是在什麼時候。

「媽，」我說：「老實說……凱撒琳和我分開了。」

她停下動作來。似乎在思考什麼事。

「你聽到我剛才說的話嗎？」

「嗯。」她平靜地答了一聲，沒有抬眼看我。「查理，我聽到了。」

「不怪她。都是因為我。我有一段時間狀況不太好，你知道嗎？就是因為這樣……」

我打算什麼？就是因為這樣，所以我想自殺？她把盤子推到我面前。

「媽……」我的聲音喊破了：「我們埋葬了你。你已經去世很久了。」

我凝視眼前的三明治，這兩組三角形麵包片。「現在的一切都和以前不一樣。」我低聲說。

她伸手過來，撫著我臉頰。她的表情扭曲，彷彿一陣劇痛正在穿透她。

「事情是可以修改過來的。」

一九六七年九月八日

查理：

你覺得我打的字好看嗎？我在上班時練習打字，用的是「亨麗愛塔牌」打字機。非常時髦吧！

我知道等你讀到這封信時，我已經離開了。不過，爲了避免我因爲你上大學這件事太過興奮以致於忘記說，所以我要先告訴你一件事：我以你爲榮，查理。你是我們家第一個上大學的人。

查理，你要好好兒對待學校裡的人。對老師要有禮貌。我聽說過，有些大學生直接喊老師的名字，我不認爲那些人是對的。你還是要用姓氏稱呼他們爲某某老師。還有，要體貼對待跟你約會的女孩。我知道你不想聽我的愛情建議，但你要知道，就算女孩子覺得你英俊，不表示你就有理由亂來。要好好待人。

還有，睡眠要夠。我美容院的一個客人裘西說，她兒子上大學時總是在課堂上打瞌睡。你不要用這種方式來侮辱你的老師。不要打瞌睡。你是如此幸運，可以接受教導，能夠學習，不必在某個地方當店員。

我每天都愛你。

現在開始，我每天都會想你。

愛你的媽媽

當鬼魂歸來

我曾經夢到父親回來。在夢中，他搬到鄰近小鎮，我騎腳踏車去他的住處。我敲門，他出來告訴我說，一切都是天大誤會。然後我們一同騎腳踏車回家，我坐在前座，父親在後面用力踩踏板。我母親衝出大門，流下歡喜的眼淚。

說來令人稱奇，人的心靈可以把種種東西拼湊成為幻想。事實上，我根本不知道父親住在何處，也從來沒有問出答案。放學後我會去他的店，但他就是不在。現在管店的人是他的朋友馬帝，他對我說，我爸都在柯林伍德的新分店工作了。那兒是一小時車程外的地方，但是對小孩來說就像月亮那麼遠。過了一段時間，我不再繞去他的店了；我不再幻想我與他一起騎腳踏車回家。我從小學畢業，然後讀完初中和高中，完全沒有父親的消息。

他是一個鬼魂。

但我仍然看到他。

每當我揮出球棒，我就看到他；每當我投出一顆球，我就看到他。所以我一直沒有放棄棒球，所以我每一季春天都打球，每一個夏天都打球；我什麼球隊都參加，每一個棒球聯盟都儘可能擠進去。我想像父親站在本壘板上，想像他輕輕調動我的手肘，糾正我的打擊姿勢。我跑上前去接滾地球，我聽到他在喊：「低手救球，低手救球，低手救球！」

一個男孩總是會在棒球場上看到他的父親。我心想，父親遲早會現身。

所以，年復一年，我穿上新的球隊制服——紅襪、灰褲、藍上衣、黃帽子——每一樣都讓我覺得，我是為了某人要來看我而穿上身的。我把我的青春期分為兩部分，一邊是書本的紙漿氣息，它來自我母親的熱情；另一邊是棒球手套的皮革氣息，屬於父親。我的身體長出他的形貌，一樣寬厚的肩膀，但我比他高兩英吋。

我慢慢長大，我緊抓住棒球這項運動，像是在波濤洶湧的海上抓住救生艇，我緊抓著它不放，一起穿越起伏的波浪。

最後，棒球把我交回給我父親。

我從一開始就知道棒球可以把我還給我父親。

他消失了八年，然後重新出現。他在一九六八年的春天來看我打第一場大學比賽。他坐在本壘板左後方的前排座位，他從這個位置可以仔細打量我的狀況。

我永遠不會忘記那一天。那個下午颳著風，天空一片深灰，眼看就要下雨了。我朝著本壘板走。我通常不會往座位那邊看，但那天不知為什麼，我看向那邊。他就在那裡。他兩鬢已經轉灰，他的肩膀好像窄了一點，腰圍好像粗了一點，他彷彿往自己內部凹陷了。除了這些以外，他看起來沒什麼不同。不知他是否覺得不自在；假如是，他並沒有顯露出來。不過，我也不確定我能看出父親「不自在」的表情就是了。

他朝我點了點頭。一切似乎都凍結了。八年。整整八年。我覺得我的嘴唇在顫抖。我的腦中憶起一個聲音：你敢給我試試看；奇克，不許哭，你這混蛋，不許哭。

我看著自己的腳。我強迫雙腳移動。我的眼睛盯著我的腳，就這樣一路走到打擊區。第一球投過來，我擊出全壘打。球飛越了球場左邊的牆壁。

瑟瑪小姐

我母親的下一個約會，她說是要去探望一個住在我們稱為「平房區」的人。這個地區大多是窮人家住的那種連成一排的房子。我確信我們必須開車過去，可是我才想開口問她，門鈴就響了。

「查理，你可以去開門嗎？」母親把一個盤子放進水槽。

我猶豫了一下。我不想開門讓誰進來，也不想接電話。母親又說一次：「查理，去開門好嗎？」我站起來，慢慢走到門邊。

我對自己說，不會有事的。可是，我的手一碰到門把，我突然感覺到一陣狂風迎面颳起，使得我什麼也看不見。一陣波浪般的光襲來，還響起一個男人的聲音，是打電話到蘿絲家的那個男人的聲音。它嘶吼著。

「查爾斯・伯納托！聽著！我是警察！」

它像是一陣暴風雨。聲音好近好近，近得我幾乎能觸摸到它。

「查爾斯，你聽得到我說話嗎？我是警察！」

我踉踉蹌蹌往後退回來，兩手蒙住臉。光消失了。狂風平息了。我只聽到自己粗濁的呼吸聲。我四下尋找母親，她仍然站在水槽邊。剛才情景只發生在我的腦子裡。

我等了幾秒鐘，吸了三口長長的氣，才小心翼翼轉動門把。我的眼光往下垂，等著見到剛才對我吼叫的那位警察。不知道為什麼，這警察在我想像中十分年輕。

當我抬起眼，我看到一位黑人老太太。她戴眼鏡，鏡架連著一條鏈子，鏈子繞在脖子上。她頭髮蓬亂，嘴裡叼著一根點燃的香菸。

「奇克喔喔，是你？」她說：「看看是誰長這麼大啦。」

我們都叫她瑟瑪小姐。她曾經為我們打掃房子。她很瘦，肩膀很窄，經常咧著大嘴微笑，脾氣很急。她把頭髮染成橘紅色，菸不離手，幸運牌香菸。她像男人一樣把菸放在襯衫口袋裡。她在阿拉巴馬州長大，最後來到派普維爾灘。在派普維爾灘這地方，一九五〇年代晚期，我們住的附近家家戶戶都僱了一個像她這樣的人來幫忙。大家稱呼她們為「做家事的」，但說真話的時候則叫她們「女傭」。以前我父親會在星期六早晨去位於荷恩餐廳附近的公車站接她；父親在白天出門時付她錢。他把折了幾折的紙鈔從她臀部旁邊送過去，彷彿他們兩人都不應該看到這些錢。我們出去打棒球的時候，她就花一整天時間打掃房子。回到家，不管我喜不喜歡，我的房間都會變得一塵不染。

我母親堅持要我們喊她「瑟瑪小姐」，這件事我記得。我也記得，她不許我們走進她才用吸塵器清理乾淨的房間。我記得她有時會在後院陪我玩接球，她投球的力道和我一樣強。

也是她在無意間發明了我的綽號。我父親曾經想叫我「查克」，不過我母親討厭這個名字，她說：「查克？這名字聽起來像一個在牧場管牛的工人！」可是呢，由於我老愛在後院朝著屋裡大叫「媽」或「蘿貝塔」，於是有一天瑟瑪小姐抬起眼睛，臉色不悅，她說：「小子，你這麼扯著嗓子喊，簡直像隻公雞。查克喔喔叫！」我那還沒上小學的妹妹說：「奇克喔喔！奇克喔喔！」最後，不知為什麼「奇克」兩字保留了下來。我想，這就使得我父親不太喜歡瑟瑪小姐。

「珀希，」她咧嘴笑開了對我母親說：「我常常想到你。」

「謝謝。」我母親說。

「我真的常常想到你。」

她轉過身，面對我。

「奇克喔喔，現在我沒法兒跟你玩丟球遊戲了。」她笑出來：「我太老了。」

我們坐進她的車。我猜想，我們坐她的車是要到平房區去。母親要為瑟瑪小姐做頭髮。這件事感覺上有點怪。然而我對母親過去十年的生活所知甚少。我陷在自己的人生起伏裡，出不來。

我們的車往前進。我望向車窗外，頭一次看到人影。一個留著銀色鬍子的憔悴老人，手拿耙子走向自家車庫。母親向老人揮手，他也揮手致意。有個女人的髮色像香草冰淇淋，她身穿家常便服，坐在自家門廊上。母親也向她揮手。她揮手致意。

我們往前行進了一段路，然後來到了窄一點的街，路面也顛簸了一些。然後我們轉向一條碎石路，來到一棟雙併房屋前面。這屋的門廊是有屋頂的，兩側是通往地下室的門，這兩扇門非常需要粉刷。有幾輛車停在車道上。一輛腳踏車側倒在前院地上。瑟瑪小姐把車停好，然後關掉引擎。

我們走進屋裡。臥房牆壁鑲了木板條，地上鋪著橄欖綠的地毯。床鋪是老式的設計，床四周各有一根掛床帳的桿子。瑟瑪小姐突然往床上一躺，倚著兩個枕頭。

「發生了什麼事？」我問母親。

她搖搖頭，彷彿在說：「現在不要問。」然後，她開始拿出她手提袋裡的東西。我聽到幾個小孩在另一個房間裡喊叫，隱約還有電視的聲響，以及餐盤從餐桌上移開的聲音。

「他們都以為我在睡覺。」瑟瑪小姐低聲說。

她看著我母親的眼睛。

「珀希，我很感激你為我這麼做。這就麻煩你開始囉？」

「當然。」母親答道。

我沒有站出來支持母親的時候

我沒有告訴她，我見到了父親。下一場球賽，父親又出現了。我走向本壘板的時候，他朝我點頭。這一次我也對他點了點頭，非常輕的動作，然而我點了頭。那場球我三次上場，三次都有斬獲。我打了一支全壘打，加上兩支二壘安打。

接下來幾個星期，我們維持著這種接觸。他坐在那裡，看著。我揮棒的樣子，彷彿球有兩呎寬。直到有一天我在一場客場比賽中擊出兩支全壘打，賽後，他在我們球隊的巴士旁邊等我。他穿一件白色高領衫，外罩藍色防風夾克。我注意到他的鬢角斑白了。他看到我，抬起了下巴，彷彿在抵抗我個子比他高的這樁事實。他說的第一句話是：

「去問你的教練，能不能讓我開車送你回學校。」

這種時刻，我什麼都可以做。我可以吐口水。我可以對他說，下地獄去吧。我可以不理他，就像他不理我們一樣。

我可以說一些關於母親的話。

但是我都沒有。我就照著他的要求做了。我請教練准許我不坐巴士回家。他尊重教練的職權，我尊重父親的職權。當我們都表現得像個男人，世界因此變得合理。

「我不知道耶。珀希，」瑟瑪小姐說：「這需要一個奇蹟。」

她手裡拿著小鏡子。母親往袋子裡拿出幾個瓶瓶罐罐和珠寶盒。

「這是我的奇蹟袋子。」她說。

「是嗎？你袋子裡有沒有能治好癌症的方法呢？」

母親拿起一個瓶子。「我有乳液。」

瑟瑪小姐笑了。

「珀希，你覺得這樣很傻，對不對？」

「你怎麼了，親愛的？」

「我是說，都到這種時候了還希望自己好看一點，這樣很傻吧？」

「如果你是問這個，我說這樣一點也沒有錯。」

「你看，我的孩子們在那裡，只是這樣。還有他們的孩子。我希望他們看到的我是很健康的樣子，你明白嗎？我不希望他們看到我像一塊爛抹布，然後為我擔心。」

母親為瑟瑪小姐的臉龐抹上乳液，然後用畫小圓圈的方式在她臉上按摩著。

「你永遠不會像一塊爛抹布。」

「這種話多說一點，珀希。」

她們又笑了。

「有時候我很懷念那些個星期六。」瑟瑪小姐說：「那時候我們挺開心的，對不對？」

「我們那時的確很開心。」母親說。

「我們那時的確很開心。」瑟瑪小姐表示同意。

她閉上眼睛。我母親的手繼續工作。

「奇克喔喔，你媽是我遇過的最棒的夥伴。」

我不確定她這話什麼意思。

「你在那家美容院工作過？」我說。

母親咧開嘴笑了。

「不是。」瑟瑪小姐說：「我再怎麼努力做，也沒法子讓任何人變得好看。」

母親蓋上乳液瓶的瓶蓋，拿起另一個小罐。她打開罐蓋，用一塊小海綿往罐裡沾了些東西。

「在說什麼啊？」我說：「我不明白。」

她舉起了海綿，那模樣好像一個藝術家即將用畫筆往帆布上作畫。

「我和她一起打掃房子，查理。」她說。

她看到我臉上的表情，對我搖了搖手指，表示這個話題可以結束了。

「你以為我靠什麼來供你們兩個讀大學的？」

到了大學二年級，我比剛進大學時增加了十磅的肌肉。我的打擊能力反映出這件事。我的打擊率在全美大學球員中名列前五十名。由於父親再三敦促，我參加了幾場錦標賽。這些比賽為職業球探提供了一扇櫥窗，這些個上了年紀的男人，咬著雪茄，端著筆記本，坐在看台上。有一天，其中一人在比賽結束後走向我們。

「這是你兒子？」他問我父親。

父親帶著懷疑的神情點了點頭。對方頭髮稀疏，鼻頭很大，上衣很薄，透出內衣的顏色。

「我是聖路易紅雀隊的人。」

我想從我自己的皮膚底下迸出來。

「我們也許有個捕手的空缺。」

「是嗎？」父親說。

「我們會注意你的孩子，看他有沒有興趣。」

這人深深抽了一下鼻子，那響聲溼濁而聒噪。他掏出手帕，擤鼻涕。

「不過，」父親說：「匹茲堡那邊有內部的管道。他們已經注意他好一段時間了。」

這人審視我父親的下巴。父親的下巴動著，在咀嚼口香糖。

「是嗎？」這人說。

對我來說，這些都是新聞。那人離開後，我向父親提出一連串的問題。什麼時候發生的？那傢伙是說真的嗎？匹茲堡隊真的在注意我？

「說不定他們真的在注意你。」他說：「不管他們注意或不注意，你該做的還是要做，奇克。你留在這些籠子裡，跟著教練，繼續準備，等待時機。其他的事讓我處理。」

我順著他，點了頭。我的心思飛快轉動著。

「學校怎麼辦？」

他搔搔下巴。「學校怎麼了？」

我腦中閃出母親的臉，那天她陪我在圖書館裡走動的樣子。我試著不去想這件事。

「聖路易紅雀隊。」父親慢慢說著這幾字。他腳下的鞋子踩進草叢。然後，他咧開嘴笑了。我覺得非常非常自豪，身上竟然起了雞皮疙瘩。他問我想不想喝杯啤酒，我說好。於是我們去了，喝了酒；像男人相聚那樣，喝了酒。

「**有一場比賽**，爸爸來了。」

我在宿舍裡打電話。距離父親第一次出現已經過了很長一段時間。但我直到現在才鼓起勇氣告訴她。

母親過了好一會兒才說：「哦。」

「他自己一個人來。」我趕忙補上這一句。不知為什麼，這句話似乎很重要。

「你告訴你妹妹了嗎？」

「沒有。」

又是一陣沉默。

「不要讓任何事情影響你的學業，查理。」

「不會的。」

「學業是最重要的一件事。」

「我知道。」

「教育就是一切，查理。受了教育，才能讓自己有一點作為。」

我一直在等著一些別的什麼。我等著聽到一些關於某件糟糕透頂的事情背後的某種不愉快經過。我在等待所有父母離了婚的孩子都在等著的東西出現；我等著找到證據來打翻我的平衡，使得地面傾斜，使得我必須選擇其中一邊，拋棄另外一邊。但是，我母親從來不談父親為了什麼而離開。她一次也沒有吃下蘿貝塔和我懸在她面前的誘餌；她不讓我們找到恨或怨的理由。她只是忍受。她把字眼吞下，把對話吞下。無論他們之間發生了什麼事，她就是把一切往肚子裡吞。

「自己和爸見面，這樣沒問題吧？」

「爸和我見面。」她糾正我的文法。

「爸和我見面。」我惱羞成怒：「可以嗎？」

她吸了口氣。

「你不是小孩子了，查理。」

為什麼我覺得我像個小孩子？

現在回顧那時候，才發現有太多事是我不知道的。我不知道她對這件事的感受，不知道她是憤怒還是恐懼。我當然不知道，我和父親喝著啤酒的時候，家裡的開支，有一部分是靠著母親打掃別人家房子才有辦法支付的。她和一個曾經為我們家打掃的女人一起幫傭。

我看著她們倆在臥室裡。瑟瑪小姐坐直了，腰背間倚著枕頭。母親使用著化妝海綿和眼線筆。

「你為什麼不告訴我？」我問。

「告訴你什麼？」母親說。

「說你必須，你知道的嘛，說你必須為了錢——」

「擦地板？洗衣服？」母親格格笑著：「我不知道為什麼我不說。也許，是因為你現在看著我的這個樣子。」

她嘆了一聲：「你的自尊心一直很強，查理。」

「我沒有。」我大聲回嘴。

她抬起眉毛，轉過身，繼續為瑟瑪小姐化妝。她低聲說：「隨你說吧。」

「不要這個樣子！」我說。

「什麼樣子？」

「什麼隨你說？不要說這種話。」

「我什麼也沒說，查理。」

「你說了！」

「不要大吼大叫。」

「我沒有自尊心特別強！我只是因為——」

我的聲音喊破了。我在做什麼？好不容易有半天時間與已死去的母親在一起，我們還要像以前那樣爭吵？

「做必須做的工作，不是件丟臉的事，奇克喔喔。」瑟瑪小姐說：「我只會做我一直在做著的事。那時你媽問說：『怎麼樣，這個主意如何？』我說：『珀希，你想去別人家當清潔婦？』她說：『瑟瑪，如果你只是打掃房子的清潔婦，我幹嘛要做得比清潔婦高？』珀希，你還記得嗎？」

母親吸了口氣。

「我沒有說『幹嘛』。」

瑟瑪小姐捧腹大笑。「對，你沒有說。我非常確定。你沒有說『幹嘛』。」

她們倆都在笑。母親為瑟瑪的眼袋上色。

「不要動。」她說。但她們笑個不停。

「我覺得媽應該再婚。」蘿貝塔說。

我讀大學時，有一次從學校打電話回家，蘿貝塔接了電話。

「你在說什麼？」

「她還很美麗。但是沒有人能永遠美麗。她不像以前那麼苗條了。」

「她不想結婚。」

「你怎麼知道？」

「蘿貝塔，她不需要結婚，你懂嗎？」

「如果她不趕快找個人，就會沒人要了。」

「別說了。」

「她現在還穿束腹，查理。我看到了。」

「這些跟我何干？蘿貝塔！天啊！」

「你上了大學，就自以為了不起。」

「別再講了。」

「你有沒有聽過這首歌，『好吃，好吃，好吃』？我覺得這首歌很蠢。他們為什麼老是要播放這條歌？」

「她跟你談過再婚的事？」

「也許。」

「蘿貝塔，我很認真在問你。她怎麼說？」

「沒說什麼，這樣可以嗎？但是誰知道爸爸死到哪裡去了。媽不應該整天一個人孤零零過日子。」

「不要說那些難聽的話。」

「我要說什麼就說什麼，查理。你不是我的老闆。」

她十五歲。我二十歲。她對父親完全不了解。但我看過父親，與他說過話。蘿貝塔要母親快樂；我要母親維持原狀。從那個星期六的早晨，母親把掌心裡的早餐穀脆片捏碎，到現在，九年過去了。從我們曾經是一個完整的家庭，到現在，九年過去了。

大學時，我修過一門拉丁文課。有一天，「離婚」（divorce）這字映入眼簾。我一直以為這個字的字根是「分開」（divide），事實上，離婚這個字的字根是「divertere」，意思是「轉向」（to divert）。

現在我相信了。離婚這件事，別的沒做，只是讓你轉向，把你帶開，讓你脫離你自以為了解、自以為想擁有的一切事物，並且把你推進其他各種東西裡，譬如與你妹妹談到你母親穿束腹的事，然後討論她應不應該再跟別人結婚。

奇克的抉擇

我要把我大學時代的兩天說給你聽。因為，這兩天讓我體驗到最高潮和最低潮的心境。高潮時刻發生在我大二的第一個學期。棒球方面的事還沒有開始，所以我有空在校園閒逛。期中考結束後，一個星期四晚上，學校裡有個社團舉行盛大聚會。會場燈光很暗，擠滿了人。音樂震耳欲聾。深色的燈光照向牆壁的海報——照向場中的每一個人——使得所有東西似乎都散發出鬼火般的磷光。我們大聲笑，舉起盛了啤酒的塑膠杯，互相敬酒。

突然間，有個留長髮的傢伙跳上椅子，開始用對嘴的方式，隨著歌聲擺出彈奏吉他的姿態——這是傑佛森飛船合唱團（Jefferson Airplane）的歌——很快的就形成一場競賽。唱片放在裝牛奶瓶的木箱裡，我們在木箱中翻攪，尋找一首可以「表演」的歌曲。

我不知道這些唱片是誰的，但是我看到一張很不一樣的唱片。我對著同伴大喊：「喂，等一下！你看這個！」那是我小時候母親經常播放的那張鮑比•達林的唱片。封套上的他，一身白色晚宴西服，頭髮短得不得了，打扮得非常整齊。

「我知道這張！」我說：「我知道這裡面所有的歌詞。」

「拿出來。」一人說。

「放來聽。」另一人說：「看看那個土包子。」

我們霸佔了唱片的轉盤，把唱針放在〈這可能是一件大事的開始〉那首歌的凹槽上。音樂開始，大家都僵住了，因為這首歌顯然不是搖滾樂。突然間，我發覺自己站著，旁邊是我兩個好友。他們看看彼此，表情尷尬，然用手指著我，扭了扭臀部。但是我覺得一陣輕鬆，我想，誰在乎這個？所以，當喇叭和豎笛的聲音從擴音器中響起，我就用對嘴方式，打從心底唱出歌詞：

　　你走在街上，或者參加邀宴，
　　否則你會覺得孤單，然後你突然發現，

你正在凝視某人的眼睛，你突然了解，
這可能是一件大事的開始。

我彈著手指，發出啪啪聲，就像電視歌唱節目裡的歌手。突然間，大家爆笑，大叫：「好啊！繼續唱，爵士歌手！」我越來越瘋狂。我想，沒有人能相信，我竟然知道這麼一張做作的唱片裡所有歌曲的歌詞。

無論如何，表演結束，我博得熱烈掌聲。朋友們抓住我腰，大家互相推擠，大笑大鬧。我在那天晚上遇見了凱撒琳。這就是高潮時刻。她和幾個朋友在場看到我「演出」。我看到了她，全身一陣顫抖——雖然那時我正在對嘴唱歌，手臂正在擺動。她穿著無袖的粉紅棉質襯衫和緊身牛仔褲，嘴上塗著草莓色的亮光唇膏。我唱鮑比・達林的歌曲時，她很頑皮，也跟著彈指頭。我到今天仍然不知道，如果那時我沒有站上台表演，露出這股傻相，她會不會看我第二眼。

「你在哪裡學到這首歌的？」我往木桶裡拿啤酒時，她走向我。

「嗯……從我媽那邊。」我答道。

我覺得自己像個白痴。誰會用「我媽」作為談話的開端？但是她好像很喜歡。於是我們就從這裡談起了。

隔天，我拿到成績單。成績不錯，兩門課拿A，兩門拿B。我打電話到美容院去找母親。她來接電話。我告訴她成績，也告訴她凱撒琳的事和鮑比・達林的歌。她似乎非常開心，為了我在中午打電話給她而高興。她在轟隆隆響的吹風機聲音中喊著：「查理，我非常以你為榮！」

這是高潮。

一年後，我輟學了。

那是低潮。

聽了父親的建議，我輟學，加入小聯盟。對此，我母親失望透頂。匹茲堡海盜隊給我一個位置，要我打冬季的球賽。假如我表現好，就能成為匹茲堡隊的小聯盟球隊隊員。父親覺得時機到了。「你和大學生比賽，不會有進步。」他說。

我第一次對母親提到這個想法，她尖叫說：「千萬不可以！」不管棒球能帶給我什麼回報，也不管球探認為我有多少潛力——也許我有潛力進入大聯盟；她只說：「千萬不可以！」

但我對她的話置之不理。

我向學校註冊組說我要離開。我把東西收進行李袋，就這麼走了。許多像我這個年紀的男孩被派到越南去打仗。我不知是運氣好或者就是命運註定，總之我在徵兵這場樂透所抽的籤沒有中獎。我父親是退伍軍人，聽到這件事似乎鬆了口氣。「你不需要上戰場，不用惹那個麻煩。」他說。

我沒有上戰場，反而按照他的節奏前進。我遵從他的命令：加入波多黎各聖胡安市的一支小聯盟球隊。於是我的學生時代宣告結束。對這事，我現在能說什麼？對我形成誘惑的，是棒球，還是來自父親的肯定？我想，兩者都有吧。不過我這麼做一點都不覺得勉強，它就和我跟著麵包屑往前尋找出路的童年一樣——然而小時候事情還沒有崩垮，那時我還不是媽媽的兒子。

我還記得我在聖胡安的汽車旅館打電話給她。我從學校直接搭飛機過來，這是我第一次搭飛機。我不想在上飛機前先回家一趟，因為我知道母親會大發脾氣。

「你兒子的電話，對方付費。」接線生用西班牙口音的英語說。

我母親聽到我人在聖胡安，聽到這件事已經決定了，驚訝得說不出話來。她的聲音很平板。她問我帶了哪些衣服，吃了什麼食物。她彷彿拿著一張必須提問的清單，照著上面列出的東西在唸。

「你住的地方安全嗎？」她說。

「安全嗎？我想很安全吧。」

「在那邊你還認識誰？」

「誰都不認識。但是我有隊友。我還有室友。他是從印地安納州或愛荷華州之類的地方來的。」

「嗯。」

一陣沉默。

「媽，我隨時可以回去讀書。」

這一次，沉默的時間更長。直到我們掛斷電話，她只再說了一句話：

「回頭重新做一件事，不像你想像中那麼容易。」

我想，就算我特意要做什麼事去傷我母親的心，也不會像這件事這樣讓她心碎。

你必須做的事

瑟瑪小姐閉上眼睛，頭往後靠。母親繼續進行化妝程序。她用海棉輕拍她昔日夥伴的臉頰。我看著她，心中百感交集。我一向認為，跟在一個人名字後面的職業，是非常重要的東西。奇克・伯納托，**職業棒球選手**；不要是奇克・伯納托，**推銷員**。現在我知道了跟在珀希・伯納托這名字後面的職業是護士，外帶珀希・伯納托，**美容師**，以及珀希・伯納托，**清潔婦**。她這麼低微，我覺得憤怒。

「媽……」我說：「你那時候為什麼不乾脆向爸要錢？」

母親抬起下巴：

「我不需要你父親給我任何東西。」

「對。」瑟瑪小姐說。

「我們過得還可以，查理。」

「對，你們是過得還可以。」瑟瑪小姐說。

「你為什麼不回醫院做事？」我說。

「他們不要我。」母親說。

「你為什麼不據理力爭？」

「那樣做，會讓你快樂嗎？」她嘆息道：「那時代和今天不一樣。現在的人會為了一點小事就告上法院。那是附近唯一的一家醫院。我們不能就這麼搬走。這裡是我的家鄉。你們兄妹已經承受夠多變化了。沒什麼的。我後來也找到了工作。」

「打掃房子。」我喃喃道。

她放下雙手。

「我不像你那樣覺得做清潔婦有什麼好丟人的。」她說。

「但是，」我結結巴巴，想尋找適當的話：「你沒辦法做你認為很重要的工作。」

母親看看我，眼裡閃爍著防衛的光芒。

「我做了我認為很重要的事。」她說：「我是個母親。」

接下來，我們陷入沉默。最後，瑟瑪小姐張開了眼睛。

「你過得怎麼樣呀，奇克喔喔？」她說：「你不會還在球場上打棒球吧？」

我搖搖頭。

「我想也是。」她說：「棒球是年輕人的事。可是，對我來說，你永遠是那個小男孩，手裡拿著棒球手套，一臉認真模樣。」

「查理成家了。」母親說。

「是嗎？」

「還有一份很好的工作。」

「你看吧。」瑟瑪小姐把頭輕鬆地往後靠：「那麼，你就過得很好，奇克喔喔。好得不得了。」

他們都錯了，我過得一點也不好。

「我討厭我的工作。」我說。

「唔，」瑟瑪小姐聳聳肩膀：「有時候事情的確會這樣。不過，它不會比刷洗你家浴缸這種差事更糟吧。」她咧開嘴笑了：「你做你必須做的事，好維繫住你的家。對不對，珀希？」

我看著她們完成例行程序。我想著，瑟瑪小姐為了餵飽她孩子，一定做了很多年用吸塵器清理地板或刷洗浴缸這種事；而我母親為別人洗了多少次頭，染多少次髮，才把我們兄妹養大。至於我呢？我打了十年的球——而我本來想打二十年的。突然間，我覺得自己很丟臉。

「總之，你那份工作是什麼地方不對？」瑟瑪小姐說。

我描述了業務員的辦公室，不鏽鋼的辦公桌，慘白的日光燈。

「我不想這麼平凡。」我喃喃說著。

母親抬起眼睛看我。「什麼叫不凡，查理？」

「你知道的。你忘了一個人。」

另一個房間傳來孩童尖叫聲。瑟瑪小姐朝著聲音傳來的方向，抬起下巴，露出笑容。

「這個，使得我不至於被別人遺忘。」

她閉上眼，讓母親為她畫眼妝。然後，她吸了口氣，身體更放鬆，頭又往後靠。

「但是我沒有把我自己的家維繫住。」我脫口而出。

母親舉起一根手指，放在嘴唇上，要我別說話。

給我的查理，在他結婚大喜之日——

我知道你覺得我這些紙條很可笑。這些年來，我把紙條給你的時候，常看到你皺著臉。但是請你要了解，我有時想告訴你一些事，而且希望說得正確。寫下來，可以讓我把事情說清楚。我希望我能上大學。如果我可以，我想我會研究英文，加強我的字彙。許多時候我覺得自己老是使用同樣的字眼，就像一個女人每天穿同一件衣裳。多無聊呀！

我想說的是，查理，你娶的這個人，是個非常好的女孩。我想到凱撒琳的時候，感覺像是我想到了蘿貝塔。我覺得她就像一個女兒。她很甜美，很有耐心。你也該這樣對待她，查理。

你將會發現，婚姻是這樣的：你們必須一起努力，把它維持得很好。你們必須愛三件事。你們必須：

一、愛對方。
二、愛你們的孩子（等你們有了子女以後！我只是暗示！暗示！）
三、愛你們的婚姻。
最後一項的意思是說，你們會吵架，有時你和凱撒琳可能甚至會不喜歡彼此。但是在這些時刻你們必須愛你們的婚姻。把婚姻當成第三方。去看你們的婚禮照片，去回想你們共同創造的回憶。如果你對這些回憶有信心，它們會把你們再拉回彼此身邊。
我今天非常以你爲榮，查理。我把這張紙塞在你的禮服口袋裡，因爲我知道你很會掉東西。
每一天都愛你！

媽

（取自奇克．伯納托保存下來的紙條，約寫於一九七四年）

登上山頂

我沒有告訴過你，我在工作所碰到的最美好的事是什麼，最糟糕的事又是什麼？我爬到了棒球彩虹最遠的那一端：世界大賽。那年我才二十三歲。海盜隊的候補捕手在九月初摔裂了腳踝，需要換人替補上場。於是我披掛上陣。我還記得那一天我走進那間鋪著地毯的球員更衣室。我簡直不敢相信它這麼寬敞。我用公共電話打電話給凱撒琳——我們結婚六個月了——我一次又一次說著：「難以相信！」

過了幾星期，海盜隊贏得錦旗。不能說他們是因為有了我才打贏。我加入的時候，他們就排名第一了。我確實在其中一場季後賽擔任了四局的捕手，而且在第二次上場擊球時擊出右外野方向的高飛球。球被接到，我出局了。但我記得我那時心裡想著：「這是開始。我打中了球。」

這不是開始。對我來說不是。我們打到世界大賽時，在五戰三勝的比賽中被巴爾地摩金鶯隊擊敗。我連上場打擊的機會都沒有。最後一場比賽，對方以五比〇擊敗我們。球隊遭淘汰後，我站在球員休息區的階梯上，看著對方球員們跑到球場上慶祝。他們在投手板旁擠成一團。別人看他們，覺得他們欣喜若狂；對我來說，他們看起來是如釋重負的樣子，好像終於卸下重擔。

此後我再沒有見過那樣的眼神，但我有時會夢到這種眼神。我在那群疊成一堆的人裡們看到自己。

假如是海盜隊贏得這場冠軍賽，匹茲堡市會舉行一場慶祝遊行。但由於我們在客場輸了球，所以我們全隊去到巴爾地摩市裡一家酒吧，把場地包下來。在那個年代，球隊必須靠著酒精來洗掉落敗的感覺，而我們可真是徹徹底把輸球的感覺洗乾淨了。我身為球隊最新進的球員，多數時候只聽著老球員抱怨。我喝下我應該喝下的酒。他們咒罵的時候，我跟著開口咒罵。我們踉蹌走出酒吧時，天已經亮了。

幾小時後，我們搭飛機回家——那些日子裡，大家都坐商務艙——而且我們都因為宿醉而在航程中睡覺。計程車排隊在機場接我們。我們與大家握手。我們說：「明年見。」計程車的門一一關上，砰，砰，砰，砰。

隔年三月，我在春季訓練中摔裂了膝蓋。我向三壘滑過去，我的腳扭擠著，外野手撲到我身上，我聽到一個「啪」的聲音，這聲音我從未聽過。醫生說，我的前膝關節、後膝關節與內側膝關節總帶都裂傷了——膝蓋受傷的三冠王。

我及時復原。我回去打球。但是此後六年，無論我怎麼努力，無論我覺得我的表現多麼優異，我的程度都無法更接近大聯盟。施加在我身上的魔術彷彿消失了。證明我曾經在球場上風光過的唯一證據，是一九七三年某天報紙上的球賽紀錄和棒球卡。在我的球卡上有我的照片，我握著球棒，表情認真。我的名字以粗體方式呈現。卡片永遠帶著口香糖的味道。公司運了兩箱我的球卡給我。我把其中一箱寄給父親，另一箱自己留著。

棒球員這種曇花一現的情況，被稱為「一杯咖啡」。這也正是我所擁有的。不過，我是坐在鎮上最好的建築物裡，最好的一張餐桌前，享受了我這一杯咖啡。

這，當然是好事，但也有壞處。

你知道，在海盜隊打球的六個星期，是我一生中覺得最有活力的時期。在那之前和那之後，都比不上這段時期的神采飛揚。聚光燈照在我身上，我覺得自己是不朽的。我懷念那間鋪著地毯的寬敞更衣室。我懷念與隊友走在機場裡，球迷的眼光隨著我們移動的時刻。我懷念大型體育館裡的觀眾、閃光燈泡和喧騰的歡呼——那雄偉莊嚴的氣氛。我思念這一切，想得都痛了。我父親也非常懷念那段日子。我們都渴望回到過去；我們的渴望都沒有說出口，但無從否認。所以，早該放棄棒球的我，過了很長一段時間依然緊抓著它不放。我從一個有小聯盟球隊的城市遷移到另一個，懷抱著與其他運動員一樣的心態：我以為我會是第一個頂得住老化過程的人。我拖著凱撒琳跟著我到處搬家。我們住過波特蘭、傑克森維爾、亞伯柯克、費雅特維爾和奧瑪哈。她懷孕期間，換過三個醫生。

最後，瑪麗亞在羅德島的帕特基出生。她出生時，球賽開始了兩個小時，觀眾只有八十人。後來下了雨，觀眾紛紛走避。我在路旁攔計程車去醫院。女兒來到世上的時候，我和她一樣濕答答。

不久，我就不打棒球了。

那之後我做過各種嘗試，但沒有任何一項能勉強接近我打棒球所得到的成績。我創業，結果賠了錢。我找機會當教練，卻毫無斬獲。最後，有人給我一份推銷員的工作。他的公司製造食品和藥品業使用的塑膠瓶。我接受了。這份工作非常單調，工作內容很無趣。更糟的是，他看中我，是因為他們認為我可以藉著說棒球故事而在男性淺薄的運動談話中，把產品推銷出去。

可笑。有一次我遇到一個經常爬山的男子。我問他，上山比較難，還是下山比較困難。他毫不猶豫就說下山比較難，因為上山時你的全部心思都放在攻頂上，因而會避免犯錯。「山的背面，則是一場與人性較量的戰鬥，」他說：「下山與上山的時候一樣，必須同樣仔細關照自己。」

我可以花許多時間談論我不打棒球之後的生活。但是，他這句話大致上說出了我的狀況。

隨著我的運動員生涯宣告結束，父親也消失了。這並不令人驚訝。哦，我女兒剛出生那段時間，他是來探望過幾次，但是他並不像我所期望的那樣，對孫女表現出熱愛。隨著時間流逝，我們之間越來越沒有話說。他賣掉了酒品店，買下一家批發商的一半股權。如此一來，他不必花太大的工夫打理工作就有錢應付開銷。說來可笑，我需要工作，但他從來沒有給過我一份工作。我猜想，他花了太多時間把我塑造成不平凡的人，因此無法接受我其實和平常人一樣。

不過就算他給了我工作也一樣。棒球是我與他的交集，現在沒有了棒球，我們兩人就像兩艘小船各自划開，漸漸疏遠了。他在匹茲堡市郊買了一處公寓，加入了高爾夫球俱樂部，出現了一點輕微糖尿病狀況，必須控制飲食，必要時還得為自己打針。

就像那天他毫不費力從我大學時代那天的灰色天空裡浮現，這會兒我父親也又缺席了。他沒入煙塵裡，偶爾打電話來，最後變成只寄聖誕卡來。

你也許會問，他是否解釋過他和我母親之間究竟發生了什麼事。他沒有。他只說：「我們沒辦法在一起。」我假如給他壓力，他會加上一句：「你不會明白的。」關於我母親，他說過的最不好聽的一句話是：「她是個死腦筋的女人。」

彷彿他們兩人簽了約，說好，絕口不提兩人分手的原因。我分別問過他們兩人，但只有我父親在回答時垂下眼皮。

第二場探望結束

「珀希，」瑟瑪小姐低聲說：「我要去看孫子們，在他們那邊待一陣子。」

比起她剛才來按母親家門鈴時的模樣，她現在好看多了。她的臉很光滑，眼睛和嘴唇都經過仔細的描畫。母親把她那頭染過的橘色鬈髮梳整齊了。我第一次發現瑟瑪小姐是個好看的女人。她年輕時一定是萬人迷。

母親親吻瑟瑪小姐的臉頰，然後拿起提袋，要我跟著她走。我們在走廊遇到一個梳辮子的小女孩，她重重踏著步子，走向我們。

「奶奶？」她說：「你睡了沒？」

我退後一步，但是她走過我們身邊，一眼也沒看我們。她後面跟著一個小男孩——也許是她的弟弟？——小男孩在門口停下腳步，一根手指伸進嘴裡。我伸出手，在他眼前揮動。沒有反應。顯然他們看不見我們。

「媽，」我結結巴巴：「這是怎麼回事？」

她看著瑟瑪小姐。她孫女爬上床了。他們正跟著兒歌的韻律一起拍手。母親眼裡泛著淚。

「瑟瑪小姐也快要死了？」

「再過不久。」母親說。

我走到她面前。

「媽，拜託你告訴我。」

「她叫我來，查理。」

我們看著床鋪。

「瑟瑪小姐？她要你來？」

「不，甜心。不是這樣。是我來到她的心中，如此而已。我，是一個意念。她希望我還在她身邊幫忙，讓她看起來美麗一點，不要顯得病懨懨。所以我就來了。」

「一個意念？」我的眼光往地面看：「我不明白。」

我母親往我身邊靠近了一點。她的聲音變得柔和。「查理，你有過這麼經驗嗎？你夢到某個已經死去的人，但是在夢裡你們展開的是新的談話？在這種情況下，你所進入的世界，距離我所在的世界並不是那麼遠。」

她把手蓋上我的手。「當某一個人存在你心裡，他們就沒有真的消失。他們可以回來找你，甚至會在你以為不可能的時刻回來。」

小女孩在床上玩著瑟瑪小姐的頭髮。瑟瑪小姐笑了，並朝著我們看。

「你還記得葛林斯基老太太嗎？」母親說。

我記得。她是醫院裡的病人，末期重症患者。她快死了，但是她每天都對我母親說有人來「看」她。來看她的人，都是過去在她生命中出現過的人。她與他們說話，與他們一起歡笑。母親曾在吃晚餐時說到，她看見老邁的葛林斯基太太閉著眼睛，嘴裡喃喃自語，在和看不見的人談話。父親說她「腦筋有問題」。一星期後，她去世了。

「她的腦筋沒問題。」母親說。

「那麼，瑟瑪小姐是……」

「快了。」母親瞇起眼睛：「靠得越近，越容易跟死去的人說話。」

一陣寒意從我的肩膀竄向腳底。

「這是不是說，我也……」

我想說「快死了」。我想說「要走了」。

「你是我兒子，」她低聲說：「就是這樣。」

我嚥下口水：「我還有多少時間？」

「還有一些。」她說。

「不多了？」

「什麼樣叫多？」

「我不知道，媽。我可以永遠與你在一起，還是說，你一分鐘後就會消失？」

「你可以在一分鐘裡找到許多真正重要的東西。」

突然，瑟瑪小姐家裡所有玻璃製的東西都爆裂開來，玻璃窗、鏡子、電視銀幕。玻璃碎片在我們四周飛濺，我們像是站在颶風的核心。來自外面的一個聲音，在這個颶風的上方隆隆響起：

「查爾斯・伯納托！我知道你聽得到！回答我！」

「我該怎麼做？」我對著母親喊。

玻璃渣在她身邊旋轉飛舞，她平靜眨了眨眼。

「由你決定，查理。」她說。

第四部　夜晚

陽光消逝

「等天堂辦完了奶奶的事以後，我們希望她回來，謝謝。」我女兒在我母親喪禮的賓客簽名簿上這麼寫。她的話，顯示出青少年的自以為是，以及他們對於世間事物的衝突看法。但是，我再次見到母親，聽到她說明「死人」的世界如何運作，以及別人如何因為回憶起她就能把她召回身邊——也許，瑪麗亞那時候的話說中了一些什麼。

瑟瑪小姐家的玻璃渣暴風雨平息了。我緊緊閉著眼睛，好讓它停下來。許多玻璃渣刺進我皮膚。我想把碎玻璃渣拍掉，但我連這個動作都覺得吃力。我越來越虛弱，漸漸枯萎。與我母親共度的這一日，光線慢慢暗了下來。

「我是不是要死了？」

「我不知道，查理。這只有上帝知道。」

「這裡是天堂嗎？」

「這裡是派普維爾灘。你不記得了？」

「如果我死了……如果我死了……我能和你在一起嗎？」

她笑了。「喔，你現在想和我在一起啦。」

也許你覺得我母親這話很無情，但她就是這樣，有點搞笑，有點嘲弄。如果她沒有死，我們見面時，她也會這樣說話。

她也有足夠的理由這麼說。好多好多次，是我選擇不去陪她。太忙，太累。不想。上教堂？不去，謝了。來吃晚餐？對不起。來看看我吧？沒辦法，也許下星期再說。

你數一數，你本來可以和你母親共度的時間有多少。可以有一輩子那麼長。

這時，她握住我的手。探視過瑟瑪小姐後，我們往前走。場景改變了，我們進入一些人的生命，並稍事停留。我認出這些人當中有的是母親的老友；有的是我不認識的男人，那些曾經仰慕過她的男性：一個叫亞曼多的屠夫，一個叫霍華的稅務律師，一個叫傑哈德的場鼻子修錶匠。母親與他們每一人都只相處一會兒，對他們微笑，或是坐在他們面前。

「他們在想你？」我說。

「嗯。」她點點頭。

「只要有人想你，你就去到那人身邊，不管那人在什麼地方？」

「不，」她說：「不是什麼地方都去。」

我們出現在一個男人旁邊，他正凝視窗外。然後，我們來到另一個男人身邊，他躺在醫院的病床上。

「這麼多個。」我說。

「他們只是男人，查理。正派的男人。有些是鰥夫。」

「你跟他們約會過嗎？」

「沒有。」

「他們約過你？」

「很多次。」

「你為什麼現在要來看他們？」

「哦，我想，這是女性的特權吧。」她把雙手併起來，摸著鼻子，掩住一個淺淺的微笑。「你知道嗎，有人思念你，是件令人高興的事。」

我審視她的臉容。她快八十了，但她的美麗是毋庸置疑的。皺紋更使她顯得優雅。鏡片後面的眼睛。她的頭髮曾經是午夜泛著藍光的黑色，現在是陰天下午泛著灰的銀白。這些男人把她看成一個女人，但我從來沒有把她當女人看待。我從來不了解她叫寶琳的那一面，那是她父母給她的名字；我也不知道她叫做珀希的那一面，那是朋友們喊她的名字。我只知道她叫媽，那是我給她的名字。我只看到她用隔熱手套把晚餐一盤盤端上餐桌，只看到她開車送我們去打保齡球。

「你後來為什麼不再結婚？」我問。

「查理。」她垂下眼皮：「算了吧。」

「我是認真的。我們長大後——你不覺得寂寞嗎？」

她把眼光移開。「有時候我確實會想。但是，你和蘿貝塔後來有了孩子，我就有孫兒女了。這邊我還有些女性朋友。而且——這麼多年都過去了，查理。」

她把掌心朝上，露出微笑。我遺忘了我以前聆聽母親說她自己故事時在心上浮起的微小喜悅。

「人的一生過得很快，對不對，查理？」

「對。」我喃喃地說。

「浪費時間的人，應該覺得慚愧。我們總以為自己擁有很多時間。」

我想到，我把多少日子交給酒精。我記不清的那些夜晚。我睡掉的那些早晨。那些時間從我手上溜走。

「你還記得嗎——」她笑起來：「萬聖節的時候，我把你打扮成木乃伊？後來下雨了？」

我看著地面。「『你毀了我的一生！』」

我在那時候就會歸咎別人。

「你應該吃點晚餐。」她說。

她這麼說的同時，我們回到了她家廚房，最後一次坐在圓桌前。桌上擺著炸雞、黃澄澄的米飯和烤茄子。熱騰騰的食物，再熟悉不過的食物。她為妹妹和我做了一百次的食物。但是，此刻，我不像稍早在這個房間時那樣覺得目瞪口呆；此刻我覺得激動不安，彷彿我知道有什麼壞事即將來臨。她看著我，眼神裡盡是關心。我想轉移她的注意力。

「談談你的家人。」我說。

「查理，」她說：「這些事我告訴過你了。」

「再說一次嘛。」

於是她說了。她告訴我，她父母都是移民，都在我出生前就去世了。她說她有兩個叔叔，還有一個阿姨像是瘋了似的，不但拒絕學習英語，而且始終相信有些家庭會遭到詛咒。她對我說，她有兩個表兄弟，喬和艾迪，他們住在另一岸。通常每一個親戚都有一件小事讓別人記住。「她怕狗怕死了。」「他十五歲時想加入海軍。」現在我覺得，能把人的名字與他的事蹟連在一起，是非常重要的事。以前她一說起這些事，蘿貝塔和我就翻白眼。但是多年後，在她的喪禮之後，瑪麗亞問起家族裡的事——誰和誰是怎樣的親戚關係——我總是想半天也答不出來。我記不得了。我們家的歷史有一大塊隨著我母親入土了。你絕對不該像我這樣讓自己的過去就此消失。

這一次，我仔細傾聽母親細數家族裡的每一個成員。她每談到一個人，就彎下一根手指作記號。說完後，她把雙手靠攏，把十根指頭——也彷彿把家族裡的人物——交扣在一起。

「總之呀，」她半像在哼唱：「那是——」

「我很想念你，媽。」

這些話從我嘴裡流了出來。她笑了，但沒有答話。她似乎在思考這句話，試著釐清我的意圖，彷彿漁夫把網拉起來。

然後，眼看白日將盡，太陽就要落到我們所在世界的地平線之下。這一刻，她噠了一下舌頭，發出聲響，並說：「我們還有一個地方要去。」

他希望重來的那一天

我必須告訴你，母親生前我最後一次見到她是什麼時候，以及我做了什麼事。

那是八年前，她七十九歲的慶生會上。先前她開玩笑說，大家最好都來參加慶生會，因為她明年開始「不會再告訴別人我要過生日了」。當然，她六十九歲、五十九歲，甚至二十九歲的時候，也說過這話。

一個星期六的下午，她在家裡舉行慶生會。我和太太女兒一家三口，我妹妹蘿貝塔和她夫婿艾略特帶著他們的三個孩子（最小的蘿珊才五歲，她到哪兒都要穿芭蕾舞鞋），外加二十幾個以前的老鄰居，包括母親幫忙洗頭和做頭髮的幾位老太太。這些老太太的身體都很不好，有一位是坐輪椅來的。儘管身體不好，她們的頭髮還是都整理過了，噴上了髮膠，看起來好像戴著鋼盔。我在想，母親辦這個慶生會的目的說不定是為了讓老太太們有理由打扮漂亮。

「我要奶奶為我化妝，可以嗎？」瑪麗亞蹦蹦跳跳朝我過來，她那十四歲的身體像一匹小馬，尚未發育完全，也顯得不協調。

「為什麼？」我說。

「因為我要。她說，只要你答應，她就幫我化妝。」

我看一看凱撒琳。她聳了聳肩。瑪麗亞往我的臂膀打了一拳。

「拜託拜託啦——好不好啦——拜託一下嘛。」

我前面說了很多我不打棒球以後人生變得如何荒涼。但我應該要提到，瑪麗亞是唯一的例外。我在她身上找到最大的喜悅。我努力當一個好爸爸。我努力注意細節。她吃完薯條，我為她擦去沾在臉上的番茄醬。我坐在她的小書桌旁，拿著鉛筆，協助她做數學作業。她十一歲時，穿著一件在頸子後面用細繩繫住的無袖露背小背心，走下樓來，我要她上樓去換衣服。我經常投球給她接，我也總是馬上答應帶她去附近的女青年會上游泳課。我很樂意她就這樣當一個男孩子氣的頑皮姑娘。

我後來才明白，自從我退出她的生活之後，她在大學裡為學生報紙撰寫運動文章。在她那些揉合了語言文采與體育活動的文章裡，我發現，不管你喜不喜歡，你的父親母親就是會透過你，把某些東西傳遞給你的子女。

慶生會上，杯觥交錯，樂聲悠揚。房間裡充滿聊天的聲音。母親大聲讀出她收到的生日卡裡面寫了些什麼，就連最廉價的、粉彩色系的、封面畫著兔子的卡片，也被當成是外國高官寄來的賀電（「只是想跳進來說……祝你的生日驚天動地！」）她唸完，把卡片打開，讓大家看到內容。然後，她朝那個寫卡片的人拋了一個飛吻。

在卡片讀完但還沒有吃蛋糕、拆禮物的空檔，電話響起。我母親家的電話可以響很久，因為她不會急著停下手邊的事，馬上去接電話。她要把最後一個角落的地面用吸塵器清乾淨了，或是把最後一塊玻璃也噴上清潔劑了，才去接電話，彷彿在接起電話之前所響過的鈴聲都是不算數的。

沒有人去接電話，所以我去了。

如果人生能重新來過，我會讓那通電話繼續響。

「哈囉？」我在吵雜的環境裡喊。

母親仍然用著一款老式電話。電話線長達二十英呎，因為她喜歡一面講電話，一面走動。

「哈囉？」我又說了一次，並把話筒緊貼住耳朵。

「哈——囉？」

我打算掛電話了。這時，我聽到一個男人清了清喉嚨。

然後，我父親說：「奇克，是你嗎？」

一開始，我沒有答話。我呆住了。我母親的電話號碼從來沒有換，但是實在難以相信父親會打電話到這兒來。他當初驟然離開這個家，說走就走，造成了莫大的破壞與傷害。現在聽到他的聲音，讓我覺得彷彿有一個男人重回現場，進入一棟遭到焚毀的樓房。

「對，是我。」我低聲說。

「我曾經找過你。我打電話去你家和你辦公室。我猜，你可能在這裡——」

「今天媽過生日。」

「哦，對。」他說。

「你要跟她說話嗎？」

我馬上冒出這句話。我可以感覺到父親在翻白眼。

「奇克，我找彼特・嘉納談過。」

「彼特・嘉納——」

「海盜隊的人。」

「是嗎？」

我拿著話筒，走到離客人遠一點的地方。我用另一隻手圈住話筒。這時，兩個老太太坐在長沙發上，手裡拿著紙盤，吃著鮪魚三明治。

「他們不是參加了老球員紀念賽嗎？」父親說：「彼特跟我說，佛萊迪・岡薩雷茲退出了。申請文件出了某種問題。」

「我不懂，為什麼——」

「他們現在才要打電話找替代球員已經太遲。所以我對彼特說：『奇克就在附近。』」

「爸，我不在附近。」

「你可以在附近。他不知道你人在哪裡。」

「老球員紀念賽？」

「然後他說：『喔，是嗎？奇克在嗎？』我說：『他在。而且他的體能狀況很好。』」

「爸——」

「所以彼特說——」

「爸——」

我知道這段談話會朝什麼方向發展。我當下就知道。只有一個人比我自己更捨不得放棄我的棒球生涯。那人就是我父親。

「彼特說，他們會把你放進球員名單裡。你只需要——」

「爸，我只打過——」

「從這裡出發——」

「六個星期的大聯盟——」

「大約早上十點。」

「我只打過——」

「然後——」

「老球員紀念賽不能這樣打——」

「你到底有什麼問題啊，奇克？」

我討厭這個問題。你到底有什麼問題？這問題問不出什麼好答案，你只能說「我沒有問題」。但這句話明明不是真的。

我嘆了口氣。「他們說會把我放進球員名單裡？」

「我剛才是這麼說的——」

「讓我上場打球？」

「你聾了不成？我剛才就說了。」

「什麼時候？」

「明天球隊會到，然後——」

「明天？」

「是明天。怎麼樣？」

「可是，現在都下午三點鐘了——」

「你走進球員休息區。你偶然遇到這些傢伙。你開口跟他們談話。」

「我偶然遇到誰？」

「隨便誰都可以。安德森。摩里納。或者麥可·朱納茲，他是訓練員，那個禿頭的傢伙，記得吧？你給我想辦法遇上他們，好好結交一下。你要找他們談，你永遠不知道事情會有什麼結果。」

「什麼意思？」

「某個機會也許會出現。一個教練的缺，或一個打擊訓練員的缺，或者某個在小聯盟裡的工作。這樣你就把一隻腳踏進門裡了——」

「他們怎麼會要我——」

「這些事就是這樣——」

「我從來沒有上場打擊過，在——」

「——就是這樣，事情就是這樣發生的，奇克。你先一腳踏進門——」

「但是我——」

「你認識了哪些人才是關鍵，帶來工作機會——」

「爸，我現在有工作。」

父親停頓下來。在我認識的人裡面，我父親最擅長用停頓來傷害別人。

「聽著，」他吸了口氣：「這個機會是我騙來的，你到底是要它，還是不要？」

他的聲音變了。鬥士發怒了，握緊著拳頭。他完全不理會我目前的生活，三下兩下就草草帶過。我希望我也能像他這樣。這使得我向後退縮，縮成一團，這時，當然，我的仗就打輸了。

「站起來，滾出門去，聽到了嗎？」他說。

「今天是媽的生日。」

「但明天就不是了。」

回想那段對話，我真希望我那時能多問他幾個問題。前妻過生日，他在乎嗎？他想知道她的感受嗎？哪些人來為她慶生呢？房子看起來什麼樣子呢？她想念過他嗎？如果想念，她是懷著親暱心思，還是不高興的心情？還是說，她根本不把他放心裡了？

許多事情，我真希望那天我問了他。但我沒問。我只說，我會再打電話給他。我掛上電話。我讓那個由父親「騙」來的機會在我腦中飛舞。

我想著那個機會的時候，母親切開了香草口味的蛋糕，一塊一塊放到紙盤上。她拆開禮物；我想著那個機會。凱撒琳、瑪麗亞和我在她身邊拍照——瑪麗亞塗上了紫色眼影，我還想著那個機會。母親的朋友伊迪絲拿著照相機，說：「一、二……唉呀，等一下。這玩意兒我永遠搞不清楚怎麼弄。」

就連我們站在那兒擠出笑容的時候，我想的都是自己揮棒的模樣。

我試著專心，回到眼前。我試著參與母親的慶生會。但是我父親，我那在許多方面都像個賊的父親，奪走了我的注意力。大夥兒還沒有吃完蛋糕、丟下紙盤，我就到地下室打電話了。我訂了當天晚上的最後一班飛機，準備離開。

母親以前說話時總是用這樣的句子起頭：「做個乖孩子」，譬如「做個乖孩子，把垃圾拿出去」，或是「做個乖孩子，到那家店去買某某東西」。然而，僅僅是一通電話，當了多年乖孩子的我就逃之夭夭，讓另一個孩子取代了我乖孩子的位置。

我不得不對在場的每一個人撒謊。這並不難。我身上戴著工作用的呼叫器。我用樓下的電話撥了呼叫器號碼，然後立刻上樓等著。呼叫器在凱撒琳面前響了。我露出不高興的表情，抱怨他們「在星期六還要煩我」。

我假裝回電話。假裝一副失望的模樣。假裝有個客戶只能在星期天跟我開會，我必須搭飛機過去。我說，這不是很討厭嗎？

「他們不能等嗎？」母親問。

「我知道這實在太荒謬了。」我說。

「但是我們明天要一起吃個晚一點的早餐。」

「你說，你要我怎麼辦？」

「你不能回電話告訴他們嗎？」

「不行，媽。」我的口氣很決斷：「我不能回電話。」

她的眼光往下移。我吸了口氣。你越是為自己的謊言辯護，心裡就越覺得憤怒。

一小時後，計程車來了。我抓起行李。我擁抱凱撒琳和瑪麗亞，她們勉強擠出笑容，但其實是皺著眉頭。我對著這群人高聲說再見。他們也喊著：「再會……拜拜……祝你好運……」

最後，我聽到母親的聲音拉得很長，壓過了其他人的聲音：「愛你，查——」

話說到一半，車門砰一聲關上了。

此後我再也沒有見到她。

母親站出來支持我的時候

「但是，你對經營餐廳知道多少？」我太太說。

「這是運動酒吧。」我說。

我們坐在家裡的餐桌前。我母親也在。她和稚齡的瑪麗亞玩著捉迷藏。這時我已經不打棒球了。一個朋友找我合夥，開創新事業。

「經營一家酒吧，不是很難嗎？」凱撒琳說：「有些事情你必須曉得該怎麼做，不是嗎？」

「他曉得怎麼做那些事。」我說。

「你覺得呢，媽？」凱撒琳問。

母親握著瑪麗亞的手，一上一下甩著玩。

「你晚上必須工作嗎，查理？」她問。

「什麼？」

「晚上。你晚上必須去那裡工作嗎？」

「我是投資人，媽。我不會去當服務生。」

「這得花一大筆錢吧。」凱撒琳說。

「如果你不先投資，你就賺不到錢。」我說。

「除了這個，是不是還有別的因素要考慮？」凱撒琳說。

我大聲吸了口氣。事實上，我不知道還需要考慮什麼。當你打球的時候，你訓練自己其他什麼事情都不要想。我無法想像自己坐辦公桌工作的樣子。但這次是酒吧；我了解酒吧。這時我已經開始依賴酒精，把它當作生活的一部分。而且我沒有告訴別人，隨手就能有酒喝，這對我來說非常有吸引力。況且，這家店的店名包含了「運動」這字眼。

「店開在什麼地方？」母親問。

「離這裡大約半小時車程。」

「你多久必須去一次？」

「我不知道。」

「晚上不用去吧？」

「你爲什麼一直問晚上去不去？」

她的手指在瑪麗亞臉上搖動。「查理，你是有女兒的人。」

我搖搖頭。「我知道啦，媽。可以了吧？」

凱撒琳站起來，收拾碗盤。「這件事讓我害怕。如此而已。我只是老實說出來。」

我的身體往後癱。我瞪著地面。等我再抬起眼，發現母親看著我。她把一根手指抵著下巴，然後稍微抬起指頭，她用她的方式告訴了我，我應該做出同樣的動作。

「你知道我的想法嗎？」她說：「我認爲你應該在人生裡嘗試各種事情。你不也這樣認爲嗎，查理？」

我點點頭，表示同意。

「信心、愛心和努力——只要你擁有這三項，就什麼都做得到。」

我把身體坐直。我太太聳了聳肩。氣氛一轉。成功機會提高了。

幾個月後，這家運動酒吧開張了。

兩年後，它結束營業。

你顯然不只需要那三樣東西。至少在我的世界裡光靠那三樣是不夠的。也許在她的世界行得通吧。

一場球賽

老球員紀念賽舉行的前一晚，我住在西佳旅館（Best Western Hotel）。這讓我想到以前打球的時光，以及經常在外地落腳的感覺。我睡不著。我想著會有多少人來看球。我擔心自己打不中球。清晨五點三十分，我起床，做伸展運動。電話機座上有一枚紅燈在閃動。我撥電話到櫃檯。電話鈴聲響了至少二十次。

終於有人來接了。我說：「我電話上的留話燈亮了。」

「等一下……」這個聲音含含糊糊地說：「是的。有個包裹要給你。」

我走下樓梯。櫃台人員交給我一個鞋盒子。盒子上貼著一張寫有我名字的紙片。他打了個呵欠。我打開鞋盒。

裡面是我的棒球釘鞋。

父親顯然把這雙鞋保留了許多年。他一定是昨天夜裡送過來，也不打個電話到我房間說一聲。我查看他是否留下了紙條。沒發現別的東西。盒裡只有那雙帶著刮痕的釘鞋。

我提早來到棒球場。我一反過去習慣，讓計程車在球員入口處一側就放我下車。但是警衛要我從工作人員進出的那扇門進去，那也是賣啤酒和熱狗的小販出入的門。體育館空蕩蕩的，瀰漫著香腸的味道。回到這個地方，感覺很奇特。多少年來，我渴望有機會回來打球。現在我成為一個宣傳商品的一部分，「老球員日」，打幾局球，附帶免費的懷舊氣氛，這是一種銷售門票的手法——就像「棒球帽日」、「球日」、「煙火日」一樣。

我走到了設有儲物櫃的球員更衣室。門口的服務員在清單上找到我的名字以後，把當天的球隊制服給了我。

「我在哪裡可以……」

「去那邊，隨便哪裡都行。」他指向一排塗上藍色油漆的金屬儲物櫃。

兩個滿頭白髮的男人在角落談話。他們對我點了點頭，繼續交談。我覺得很不自在，好像參加了別人的高中同學會。然而話說回來，我曾經在大聯盟打過六個星期的球。這事並不是要成為一輩子好朋友才能做。

我的制服背面縫上了「伯納托」字樣。不過，我仔細看，還是在衣服褪色的痕跡上發現了先前曾經縫上的名字。但我把衣服套過頭，兩隻手鑽啊鑽的穿出了袖口。

拖拖拉拉終於穿妥制服之後，我轉過身，看到綽號「轟炸機」的威利・傑克森就站在幾步之外。

人人知道傑克森。他是個打擊高手，而且素來以打擊威力和自大作風聞名。有一次，在打季後賽的時候，他用球棒指著右外野方向，表示他要把球往那邊打。然後他就打出了一支高飛全壘打。你在職業生涯中只需要出現一次這類表現，加上電視不斷重播那畫面，就足以讓你永垂不朽。他就是這樣。

他坐在我身旁的高腳凳上。我從來沒有與傑克森打過球。他看起來矮矮胖胖，穿著藍色棉絨運動服的身軀簡直像充了氣一般。但是他仍然散發一股帝王般的氣質。他向我點頭，我也對他點頭致意。

「你好嗎?」他說。

「我叫奇克‧伯納托。」我伸出手。他沒有握我掌心，只抓住我手指部分，扯了一下。他從頭到尾沒有報出自己的名字。大家都明白，他不需要說。

「查克，最近你都在幹些什麼?」

我沒有糾正他的發音。我說，我在做「行銷」。

「你呢?」我問:「還在做廣播?」

「嗯。一點點廣播。大部分在做投資。」

我點了點頭。「哇，厲害。進入投資界。」

「共同基金。」他說:「有些是避稅投資，有些是單位信託。就是這類東西。其他大半是共同基金。」

我又點點頭。我覺得自己早早把球衣穿在身上實在夠蠢。

「你進場玩股票嗎?」他說。

我輕輕拍打手掌。「就是，這裡那裡到處做一點。」這是謊話。我在這裡和那裡都沒有做。

他下巴動著，仔細研究我。

「聽著，我可以介紹你認識一些人。」

有那麼一刻，他這句話聽起來很有搞頭。大名鼎鼎的傑克森願意帶我去認識一些人——我心中盤算著我並不擁有的大筆金錢。他伸手進口袋裡，應該是要掏出名片，這時突然有人大叫：「傑克森，你這個臭屁胖子！」他和我一起轉過身，見到人稱「釘子」的亞歷山大站在那裡。他和傑克森狠狠地互相擁抱，兩人差一點摔到我身上。我不得不讓開。

過了一分鐘，他們在房間另一頭，旁邊圍繞著許多人。我的共同基金時間就此結束。

老球員紀念賽是在真正球賽開始之前的一個小時就進行。這表示，我們開始打球的時候，看台上可說是空無一人。風琴的樂音響起。球賽播音員歡迎疏疏落落的觀眾到場看球。播音員按照字母順序，一一報出球員的姓名。第一個是外野手羅斯迪・亞倫貝克，他在一九四〇年代後期打球。接著是綽號「波波」的班尼・巴波沙，他是一九六〇年代深受歡迎的內野手，咧開嘴笑的樣子非常開朗。他跑進球場，向觀眾揮手。播音員報出我名字時，球迷們仍在為巴波沙拍手。播音員說：「來自一九七三年的奪標球隊……」你聽到一種期待的聲音，然後他說「人稱『奇克』的捕手查爾斯・伯納托。」觀眾席的音量突然變小，熱烈程度降低，化為禮貌的等待。

我從球員休息區跳出來，差點兒撞上巴波沙的腿。我趁著掌聲尚未平息，趕緊站上我的位置，免得要面對難堪的沉默時刻，那會連自己踏在沙地上的腳步聲都聽得到。在人群中的某一處，坐著我的父親。不過，在我想像中，他會是一副手臂交疊在胸前的模樣。主場球隊那邊，沒有人鼓掌。

然後，球賽開始了。球員休息室像火車站，男人們匆匆忙忙，進進出出，抓球棒，互相擦撞。釘鞋走在水泥地上，喀喀作響。有一局我當捕手，這樣的時間已經夠長了。因為事隔多年，而今再像捕手這樣蹲著，使得我才接到第三球，我的大腿就痛得像火燒似的。我不斷把體重從一腳移到另一腳上。最後，有一個手臂毛茸茸的打擊手，他很高大，名叫泰迪・

史勞特，他對我說：「喂，老兄，你不要在我後面跳來跳去好不好？」

對於陸陸續續進場的觀眾來說，我想他們覺得這場比賽看起來還算是棒球賽。八個外野手，一個投手，一個打擊手，加上一個穿黑衣的裁判。但是我們距離自己的年輕歲月已經很遠了，再也跳不出流暢有力的青春之舞。我們變得遲緩笨重。我們揮出的棒子顯得沈重；我們傳出的球先是太高，然後往下墜，顯得空蕩蕩的。

在我們的球員休息區，幾個挺著啤酒肚的男人們顯然在老化這件事面前舉手投降了。他們說著譬如「老天，給我拿氧氣筒來！」這類的笑話。然而，仍有些人對每一場比賽都很認真。我坐在一個波多黎各裔的老野手旁邊。他至少有六十歲了。他不時把菸草汁吐在地板上，嘴裡喃喃自語：「加油，寶貝，加油……」

終於輪到我上場打擊。體育館裡的觀眾，不到半滿。我練習揮了幾次球棒，然後走進打擊區。太陽躲到了雲層後面。我聽到一個小販大聲叫賣。我感覺到後頸的汗水。我把雙腳稍微挪動一點。雖然說我做過一百萬次這個動作了——緊握球棒，放鬆肩膀，調整下巴，注意看——我的心卻還是砰砰跳個不停。我只想撐過接下來的幾秒鐘。第一球投過來了。

裁判說：「壞球！」我真想謝謝他。

你是否有過這種經驗？某件事發生的時候，你正想著同一時間發生的另一件事？我母親離婚後，經常在夕陽下山時分站在後陽台上抽菸。她會說：「查理，現在太陽在這裡下山，卻在世界的另一個地方升起，好像是在澳洲或中國或哪兒。你可以查百科全書弄清楚。」

她吐出一口煙，凝視後院。院子裡有晾衣服的柱子，還有鞦韆。

「世界這麼大，」她的語氣充滿渴望：「在某個地方，永遠有某一件事在發生。」

她那樣說是對的。在某個地方，永遠有某一件事在發生。因此，當我站上老球員紀念賽的打擊區，瞪著頭髮灰白的投手看，看他投出一球——他以前的快速球，現在卻只輕飄飄朝我胸前扔過來；我揮棒，球棒接觸到球，這時我聽到熟悉的鏗鏘一聲。我拋下球棒，往前跑。我相信我打得很漂亮。我忘了以前的距離感，忘了我的手臂和雙腿不再像過去那樣有力，忘了球場四周的牆壁隨著你變老也就變得遠了許多。當我抬頭看，看到我原本以為是長打，也許是全壘打的那一球，在內野邊線外落下，掉進等在那兒的二壘手的手套裡，我這才知道不過是曇花一現，只是一段潮濕的鞭炮，一個不中用的東西。我腦中有個聲音喊著：「掉球！掉球！」就在那個二壘手緊緊抓著手套，就在我給這場莫名其妙球賽獻上最後祭禮——就在這一切發生的時候，事情就如同我母親曾有的領會，在派普維爾灘也有事情發生。

她那個有鬧鐘功能的收音機正播放著大樂團的音樂。她的枕頭剛整理過，蓬鬆而柔軟。她到臥室來找新近配好的紅框眼鏡，這時她的身體像個摔壞的洋娃娃似的跌落在她臥室的地板上。

心臟病發作。重度。

她嚥下最後一口氣。

老球員紀念賽結束後，我們走過正式球賽的球員身邊，走向球員休息室。我們彼此打量一番。他們很年輕，皮膚光滑，我們很胖，頭漸禿。我朝著一個肌肉發達的傢伙點了點頭，他胸前佩掛著捕手防護罩。我覺得我好像一面走進休息室，一面卻看著自己走出來。

進入球員休息室後，我三兩下把自己東西收拾好。有人去淋浴了，但是這時候去淋浴顯得很愚蠢。我們並沒有多麼努力。我把上衣折好，留作紀念。我拉上手提袋的拉鍊，換上自己的服裝，坐了幾分鐘。似乎沒有什麼意思。

我從進來時所走的那扇門出去，就是工作人員使用的那扇門。我父親站在那裡，嘴裡叼著香菸，眼睛望向天空。見到我出來，他似乎覺得很意外。

「謝謝你給我釘鞋。」我拿起鞋子給他看。

「你在這裡幹什麼？」他口氣不悅：「你在裡頭難道找不到一個人說話？」

我哼了一聲，帶著嘲諷的意思。「我不知道為什麼耶。爸。我想出來跟你打招呼。我大概兩年沒看到你了。」

「老天。」他一臉嫌惡表情，搖了搖頭：「跟我說話能讓你回去打球嗎？」

奇克得知母親死了

「哈囉？」

我太太的聲音在顫抖，聽起來惶惶不安。

「是我。」我說：「對不起，我——」

「哦，奇克，喔，老天爺。我們不知道該上哪兒找你。」

我已經把謊話準備好了——客戶，開會，這類的——但是它們像磚塊一樣裂開碎落了。

「發生了什麼事？」我說。

「你媽。哦，天啊，奇克。你在哪裡？我們不知道……」

「什麼事啦？」

她開始大哭，並喘著氣。

「告訴我。」我說：「怎麼樣了？」

「心臟病發作。瑪麗亞發現的。」

「什麼⋯？」

「你媽⋯⋯走了。」

我希望你永遠不要聽到這幾個字。你媽。走了。這幾個字和其他的話語不一樣。它們太巨大了，塞不進你的耳朵裡。它們屬於某種奇特、沉重、強而有力的語言，在你腦側轟然響起，像一個拆毀建築物的大鐵球一次又一次朝你打來，最後，這些話語撞開一個大洞，大到足以放進你腦子。在這個過程裡，它們把你撕裂。

「在哪裡？」

「在家裡。」

「在哪裡，啊，我是說，什麼時候？」

突然間，這些細節似乎變得極端重要。必須緊緊抓住細節，好讓我因此可以把自己放進這件事裡面。「她是怎麼——」

「奇克，」凱撒琳語氣轉柔和：「你就回來吧，好嗎？」

我租了車。整夜趕路。震驚與悲痛和我同行，就在後座；罪惡感則端坐在前座。天快亮時，我抵達了派普維爾灘。我把車開進車道。關掉引擎。天空是一種腐爛的紫色。我的車裡有啤酒味。我坐在車上，看著曙光在四周升起。我想起我沒有打電話給父親告訴他母親走了。在我內心深處，我有一種感覺，我覺得我再也不會見他了。

我確實再也沒有見到他。

我在同一天裡失去了母親和父親，前者令我覺得羞愧，後者留給了我陰影。

最後的探望

母親和我來到一個我不曾造訪的小鎮。它看起來很平常，一角有加油站，另一角有小型便利商店。電線桿和樹皮都是紙箱的顏色。大多數的樹木光禿禿的，葉子都掉光了。

我們停在一棟淡黃色的兩層樓式磚房的前面。

「我們在哪裡？」我說。

母親看著地平線。太陽下山了。

「剛才你晚餐應該多吃一點。」她說。

我骨碌碌轉動眼睛。「別再說了。」

「怎麼這樣呢？我喜歡知道你吃飽了，如此而已。你必須把自己照顧好，查理。」

在她的表情裡，我看到那份古老而穩固如山的關懷。我領悟到，當你凝視你母親，你就是在凝視你在世上所能見識到的最純粹的愛。

「我希望我們以前就能像現在這樣，媽，你知道嗎？」

「你是說在我死之前？」

我的聲音變得懦弱：「對。」

「那時我在的。」

「我知道。」

「而你很忙。」

「忙」這個字使我發抖。它聽起來非常空洞。我看到一種聽天由命的神情像波浪一般流過她臉龐。在這一瞬，我相信我和她心裡想著同樣的念頭：如果能重來一遍，情況會多麼不同。

「查理，」她問：「我是不是好媽媽？」

我張開嘴想回答，但這時閃現一道眩目的強光，好比橡皮擦似的把她抹掉了。我感覺到臉上熱呼呼的，彷彿被太陽烘烤著。那個隆隆的聲音又說話了：

「查爾斯．伯納托。張開眼睛！」

我用力眨眼。突然間，我又出現在母親後面，但與她相隔好幾條街。彷彿她繼續往前走，我卻停了下來。我又眨了一下眼。她在前面，走得更遠了。我快要看不到她的身影了。我的身體向前伸，用力伸出手指，肩窩拼命使力把肩膀往前推。所有東西都在旋轉。我感覺到我努力想呼喚她名字，那幾個字在我喉嚨裡震動。我用盡全力，喊了出來。

這時，她又在我旁邊了。她握著我手，非常平靜，彷彿什麼事都不曾發生。我們滑回原來的地方。

「還有一個地方要去。」她再說一遍。

她帶我朝著一棟淡黃色的建築物走；一瞬間，我們就置身房子裡了。這公寓的天花板很低，家具齊全，裝飾繁多。臥室很小。壁紙是酪梨般的濃綠色。牆上掛著一副描繪葡萄園景致的油畫，床頭掛著十字架。角落裡有張香檳色的木質化妝台，台前掛了一面大鏡子。鏡子前，坐著一個深色頭髮的女人，身穿粉紅葡萄柚色的浴袍。

她看起來七十來歲，鼻子長而窄，顴骨很高，橄欖色的皮膚已然鬆弛。她漫不經心用梳子慢慢梳理著頭髮，眼睛看著化妝台面。

母親走到她身後，沒有打招呼。她只是伸出手來。她的手融入這女人的手，一手拿梳子，另一隻手的手掌則隨著梳髮的動作上下挪移。

這女人往上看了看，彷彿在查看映在鏡子裡的自己，然而她的眼神迷濛而遙遠。我覺得她是在看我母親。

她們兩人都沒有說話。

「媽，」我終於輕聲說：「她是誰？」

母親轉過身，兩手還放在女人的頭髮裡。

「她是你爸的妻子。」

我沒有站出來支持母親的時候

拿鏟子，牧師說。他是用眼神這樣說的。我接下來要剷起一點泥土，把泥土灑上母親的靈柩。棺木已經一半埋在墓穴裡了。牧師解釋說，我母親看過猶太人的喪禮上有這個習俗，因此要求自己的喪禮也要這麼做。她覺得，這可以能讓生者接受事實，知道死者已離開人世，而他們此後應該記得的是死者的精神。我可以想像父親會如何斥責她：「珀希，你欠罵啊，這些都是你編出來的吧。」

我拿起鏟子，像一個孩子接過來福槍。妹妹蘿貝塔的臉上蒙著黑色面紗。我看見她在顫抖。我太太瞪著自己的腳，我看到淚水從她臉頰滑落，她右手撫摸著女兒的頭髮，一遍一遍彷彿有種節奏。只有瑪麗亞看著我。她的眼睛好像在說：「不要這麼做，爸。把鏟子收回去。」

打棒球的時候，球員分辨得出來手裡握著的是自己的球棒還是別人的球棒。我對我手上這支鏟子就有類似反應。這鏟子是別人的。它不屬於我。它應該給一個沒有對母親撒謊的兒子使用。它應該要讓一個最後一次對母親說話時沒有發怒的兒子握著。擁有這鏟子的兒子，不會爲了疏離多年的父親一時興起，就衝上前去想要滿足他突然的興致，而這個父親保持著紀錄，在像喪禮這樣的家族場合還是缺席了，因爲他覺得：「我不在場比較好，我不想惹誰不高興。」

那個兒子，在那個周末會留下來，與妻子睡在客房，與全家人同桌吃一頓遲一點的早餐。母親的身體垮落在地時，這兒子會在她身邊。這兒子可能可以救母親一命。

但是，那個兒子不在。

這兒子嚥了一口口水，照著別人的話做事。他用鏟子剷起泥土，灑上靈柩。泥土亂散，少許碎石子落到上了漆的棺木上，發出沙沙雜音。雖然說這是母親的主意，我卻還是聽到母親的聲音說：「哦，查理，你怎麼可以這樣？」

一切都明白了

她是你爸的妻子。

我該如何解釋這個句子？我不知道。我只能告訴你，我母親的靈魂站在那間掛了葡萄園風景油畫的奇怪公寓裡對我所說的話。

「她是你爸的妻子。他們在戰爭時期相識。那時你父親駐守在義大利。這個他告訴過你，對不對？」

說過許多次。義大利，一九四四年下半年。亞平寧山和波河流域，離波隆納不遠。

「她呢，住在那邊一個村子裡。她家裡很窮。你父親是軍人。你知道這種事會怎麼進展。那時候的你父親，很——怎麼說呢，很有種？」

母親看著她的手梳理著這女人的頭髮。

「你覺得她美麗嗎，查理？我一直覺得她很美麗。她現在還是很美。你不覺得嗎？」

我覺得天旋地轉。「你是什麼意思，他妻子？你才是他妻子。」

她緩緩點了點頭。

「對，我是。」

「不能娶兩個老婆呀。」

「是不能。」她低聲說：「說得對，不能娶兩個。」

女人吸了吸鼻子。

她的眼睛紅通通，顯得很疲倦。她沒有察覺到我的存在。可是她好像在聽著母親說話。

「我想，你父親打仗的時候心裡很害怕。他不知道這場仗要打多久。許多人在亞平寧山區戰死。也許，她給了他安全感。也許，他以為他永遠回不了家了。誰知道呢？他是個什麼事都要做計畫的人，你爸爸老說：『要有計畫。要有計畫。』」

「我不明白。」我說：「爸不是給你寫了那封信。」

「對。」

「他向你求婚。你接受了。」

她嘆了口氣。「當他知道戰爭就要結束，我想，這時他希望能換一個計畫——回到他原來的計畫，那個說要與我在一起的計畫。查理啊，當你不再置身危險環境裡的時候，事情就變了。所以——」她把這女人的頭髮從她肩上挽起。「他把她拋下了。」

她頓了頓。

「你爸特別擅長這個。」

我搖搖頭。「但是，你為什麼——」

「他從來沒有告訴過我。他沒有告訴過任何人。可是呢，幾年過去，他在某個時候又找到了她。或者是這女的找到了你父親。最後，你父親把她帶來美國。他展開了另一種生活，完全不同的生活，甚至買了第二棟房子。在柯林伍德。他就在那兒開了新店，記得嗎？」

這個女人放下梳子。母親把兩手收回，被這女人抓住，她把母親的手拉向自己下巴。

「這些年來，你父親希望我煮出來的義大利通心粉口味，就是她做的味道。」她嘆息道：「由於某種原因，這件事到現在仍然讓我覺得痛。」

然後她說了事情的始末。她是如何發現這事的。她有一次問起，他們為何從未收到他在柯林伍德投宿旅館的帳單。他說，他用現款付帳。她起了疑心。一個星期五的晚上，她請人幫忙看孩子，自己一個人懷著緊張心情開車去柯林伍德。她在街上穿梭來去，直到她看見他的別克轎車停在一棟陌生房屋的車道上。這時，她流淚痛哭。

「我全身發抖，查理。我是逼著自己走出車子的。我悄悄走到那屋子的窗口，往裡面看。他們在吃晚餐。你父親的襯衫釦子是解開的，露出內衣，就像他在我們家裡的樣子。他坐著，從容不迫吃著盤裡的食物，看起來非常放鬆，好像他就住在那裡。他把盤子傳給這個女人，然後……」

她停下來。

「你確定你要知道這些事？」

我很茫然，點了點頭。

「他們的兒子。」

「什麼……？」

「比你大幾歲。」

「……一個男孩？」

說出這句話的時候，我的聲音變得尖銳。

「對不起，查理。」

我覺得頭暈，彷彿從高處仰著臉摔向地面。就連我現在對你說起那段話，我還是覺得說不出口。我父親，要我全心奉獻，要我效忠他的小團體，這個叫做「我們」的小團體；我們家這個男子漢，這樣的他，有另一個兒子？

「他也玩棒球嗎？」我低聲說。

我母親看著我，不知所措。

「查理，」她幾乎要哭了：「我真的不知道。」

這個穿浴袍的女人拉開一個小抽屜，拿出幾張紙片翻弄。她真的就像我母親說的那樣嗎？她看起來像義大利人。她的年齡似乎與這些事情吻合。我想像父親與她相見的畫面。我想像他們在一起的樣子。我對這個女人和這間公寓一無所知，但是我在這房裡的每一個角落都感覺到父親的存在。

「那天晚上，我開車回家，查理。」母親說：「我坐在人行道旁等待。我甚至不希望他的車開進我們的車道。午夜過後，他回來了。我永遠不會忘記他的車燈照上我的那一刻，他臉上流露的表情。因為在那一刻，我想他知道他的事被發現了。」

「我坐上車，要他把車窗都搖起來關緊。我不希望任何人聽到我的話。然後，我爆發了。我爆發得太厲害了，使得他說不出任何謊話。他終於承認了，對我說了對方是誰，他們在哪裡認識，他做了什麼事等等。我覺得天旋地轉。我的胃痛得要命，根本坐不直。你在婚姻裡期待許多東西，但是，誰能眼睜睜看著自己就這樣被別人取代？」

她轉過身，面向牆壁。她的眼光落在葡萄園油畫上。

「直到幾個月後我才知道這件事真的打擊了我。我坐在他車裡那一刻，我就只是非常憤怒。而且心碎。他發誓說他對不起我。他發誓說他先前不知道有了那個兒子，等他知道後，他覺得有義務做點什麼。我不知道他說的哪些是真話，哪些是假話。你爸就算是大喊大叫，也還是對每一件事情都拿得出一個說法。」

「但是這些都不重要。結束了。你明白嗎？我什麼都能原諒他，但這件事也背叛了你和你妹妹。」

她轉過身，面對我。

「你有一個家，查理。不管好壞，你有一個家。你不能把家拿去換別的東西。你不能對家人說謊。你不能同時經營兩個家，然後有時用這個家替換那個家，有時又用那個取代這個。」

「與你的家人在一起，家才像個家。」

她嘆了口氣。

「所以我必須做出決定。」

我嘗試著想像那個可怕時刻。在汽車裡，午夜過了，車窗都拉上——從外面看去，兩個人影在無聲尖叫。我想像我們一家人睡在同一棟房子裡，另一個家睡在另一棟房子裡，兩家的衣櫃裡都掛著我父親的衣服。

我想像，派普維爾灘小鎮上的迷人珀希，在那天夜裡失去了她原本擁有的生活，一切在她眼前瓦解。於是我明白，在這張「母親站出來支持我的時候」的清單上，這件事必須列為第一項。

「媽，」我終於低聲說：「你對他說了什麼？」

「我要他離開。永遠不要回來。」

於是，我知道了，那個早餐脆片在她手中碎落之前的夜晚發生了什麼事。

我人生裡有許多事，我希望能收回；我人生裡的許多時刻，我希望能重新安排。但是，如果我只能得到一次重來的機會，我會想改變一個時刻；但我不是為了我自己，而是為了我女兒瑪麗亞。那個星期天下午，她來找奶奶，發現奶奶倒在臥房的地板上。她搖著奶奶想把她叫醒；她開始尖叫。一下衝出房間，一下回到房裡，不知道應該大聲喊人來幫忙，還是該放著奶奶去找幫手。真不應該讓她遇上這事。她只是個孩子。

我想，在那之後，我就覺得很難面對我太太和女兒了。我想，這是我為什麼會喝酒喝那麼兇。我想，這也是我為什麼會像個孩子似的鬧著要換另一種方式生活，因為我打從內心深處不覺得自己有資格過原來的生活。我逃開了。這種逃避，使得我以一種可悲的方式變得很像我父親。兩星期後，我在安靜的臥房裡向凱撒琳坦白，告訴她那天我去了哪裡。不是出差，我是飛到匹茲堡一座體育館去打棒球了，而那時候我母親躺在地上，幾乎沒有知覺，眼看就要死去。凱撒琳一直看著我，彷彿想說什麼，但始終沒有說出來。

最後，她只說：「到了這地步，這件事也不重要了吧？」

母親走過小小的臥房，站在房裡唯一一扇窗戶旁。她把窗簾拉到一邊。

我們後方，鏡子前面，那義大利女人目光朝下，翻閱她手上的紙張。

「外面很暗。」她說。

「媽，」我說：「你恨她嗎？」

她搖搖頭。「我為什麼要恨她？她只不過是想要到那些我也想要到的東西。不過她也沒有得到就是了。他們的婚姻也結束了。你父親繼續往前走。我說過了，他很擅長這個。」

她抓著自己手肘，彷彿覺得冷。鏡子前的女人把臉埋進手心，發出細微的啜泣聲。

「秘密，」母親低聲說：「祕密會把你撕裂。」

我們三個人，在那裡默默待了一會兒。三人各自陷入自己的世界裡。然後，母親轉過身，面對我。

「你得走了。」她說。

「走？」我哽咽了：「去哪裡？為什麼要我走？」

「但是，在你走之前，查理……」她握住我雙手：「我想先問你一件事。」

她的眼睛充滿淚水。

「你為什麼想尋死？」

我顫抖起來。有一秒鐘，我無法呼吸。

「你知道……？」

她露出哀傷的微笑。

「我是你媽。」

我的身體開始抽搐。我吐出一口氣。「媽……我不是你想的那種人……我把事情弄得一塌糊塗。我酗酒。我每一件事都搞砸了。我失去了家人……」

「不，查理——」

「是的，就是，我就是這樣。」我的聲音顫抖著：「我崩潰了……凱撒琳走了，媽。

我把她推開……瑪麗亞，我甚至不在她的生活裡面……她結婚了……我根本連婚禮現場都沒踏進去……我成了一個外人……對於我所愛的一切來說，我都變成了外人……」

我的胸口鼓起。「而且你……最後一天……我根本不該離開你的……我永遠沒法告訴你……」

我羞愧無比，垂下頭。

「……我太對不起你……我好……好……」

我就說了這些。我哭著滑到地板上。我哭得無法抑遏。我把內心所有東西全部倒了出來，大聲哀號。房間開始縮小，小到成為我眼球後方的一股熱氣。我不知道這樣過了多久。等到我又能開口說話，我的聲音變得非常焦躁而刺耳。

「我要它停下來，媽……這憤怒，這罪惡感。這就是為什麼……我想死……」

我抬起頭，第一次對別人承認事情的真相。

「我放棄了。」我低聲說。

「不要放棄。」她低聲告訴我。

我頭埋得低低的。說出這句話我並不感到羞恥。我把頭埋在母親臂彎裡，她的手環住我脖子。我們就這麼依偎著，就那麼一會兒。可是我無法用言語形容這一刻帶給了我多少安慰。我只能說——在我現在對你說話這時，我只能說我仍然渴望擁有那一刻。

「你死的時候，我不在你身邊，媽。」

「你有事情要做。」

「我說謊了。這是我說過的最糟糕的謊話……我不是為了工作。我是去打一場球……一場愚蠢的球賽……我那麼想討好——」

「你爸。」

她溫柔地點了點頭。

我這才發現，她一直都知道。

在房間另一角，義大利女人把浴袍拉攏。她緊握雙手，彷彿在禱告。我們這個三人組合好奇怪呀，我們三人中的每一個，都在某個時刻渴望得到同一個男人的愛。我彷彿聽到他說話，逼我做決定：媽媽的兒子還是爸爸的兒子，奇克？究竟要哪一個？

「我做了錯誤的選擇。」我低聲說。

母親搖搖頭。

「根本不應該要求孩子做這種選擇。」

義大利女人站起身。她抹了抹眼睛，振作精神。她把手指放在梳妝台邊緣，把兩項東西推放在一起。母親示意要我往前走。然後，我看到了那女人剛才一直看著的東西。一張照片，上面是個年輕男人，頭戴畢業典禮的方帽。我推測那是她兒子。另一樣，是我的棒球卡。

她的眼神往上移動，看向鏡子。她看到了我們映在鏡中的身影。我們三人，框在鏡中，好像一張怪誕的全家福照片。我第一次——也就只有這麼一次——感覺到，她真的看到了我。

「Perdonare。」女人含糊發出一個外國字。

四周的一切，在一瞬間，全部消失。

奇克說完了故事

你是否也把最初的童年回憶單獨放在一處，與其他記憶隔開來？對我來說，我是把三歲時的回憶單獨隔開。三歲那年夏天，我家附近的公園舉行園遊會。有汽球，還有賣棉花糖的攤位。一群剛賽完拔河的男子，在飲水機前排隊等著喝水。

我那時一定是很渴了，因為我母親抱著我來到隊伍前面。我記得她插進隊伍，走到那些滿身臭汗、上身赤裸的男人前面，一隻手臂緊緊包住我胸口，用空出來的另隻手轉動飲水機的把手。她在我耳邊低聲說：「喝吧，查理。」我向前彎，兩腳在空中搖晃。我咕嘟咕嘟把水吞下肚，大家都在等我喝完。現在我還感覺得到她用手臂包住我的感覺。我還能看到冒泡的水流。這是我最早的記憶，母親和兒子，一個只有我們倆存在的世界。

現在，在這與她相聚的最後一天的最後時刻，同樣的事情發生了。我覺得我的身體裂開了，幾乎無法挪動。但是她的臂膀包住我胸口，我感覺到她再一次抱著我。風掠過我臉龐。我只看到一片黑暗，彷彿我們走在一片長長的簾幕後面。然後，黑暗退去，星星出現。幾千顆星星。她把我往濕草地上放，讓我殘破的靈魂回到此世。

「媽……」我的喉嚨覺得刺痛。我必須一面嚥口水才能往下說話。「那個女人……？她那句外國話在說什麼？」

她溫柔地把我的肩膀放平：「原諒。」

「原諒她？還是原諒爸？」

我的頭碰到了地面。我感覺到黏答答的血沿著太陽穴往下滴。

「你自己。」她說。

我的身體動彈不得。我無法移動手臂或雙腿。我一點一點在離開。我還有多少時間？

「是的。」我粗聲說。

她露出困惑的表情。

「是的。你是個好媽媽。」

她用手摸了嘴唇，遮住了微笑。她好像滿足得快要爆炸了。

「活下去。」她說。

「不，等一下——」

「我愛你，查理。」

她揮了揮手指。我哭了。

「我會失去你……」

她的臉彷彿飄在我臉的上方。

「你不可能失去你媽，查理。我就在這裡。」

然後，一陣極大的強光掩住了她的身影。

「查爾斯・伯納托。你聽得到我說話嗎？」

我的四肢陣陣刺痛。

「我們要移動你了。」

我想拉她回來。

「你聽到我們了嗎，查爾斯？」

「自己和我媽。」我喃喃說著。

我感覺到一個溫柔的吻落在我額頭上。

「我媽和我。」她糾正我。

她走了。

我用力眨眼。我看到天空。我看到星辰。然後，星星紛紛墜落。它們逐漸向我靠近，也越來越大，滾圓而潔白，好像一顆顆棒球。我出於本能，張開臂膀，好像在張開棒球手套。我想接住全部的星星。

「等一下。你們看他的手。」

這個聲音變得柔和。

「查爾斯？」

更柔和了一些。

「查爾斯……？喂，沒事了，夥伴。回來…… **喂，你們過來！**」

他朝著兩個警察揮動手電筒。他很年輕，一如我的想像。

奇克最後的念頭

你剛坐下來的時候，我就對你說過，我不期望你相信我。我從來沒有對別人說起這個故事，但是我很想說它。我一直在等待機會。現在既然我說完了，我必須說，我很高興有這個機會。

我生命裡的許多事情，我都忘了，然而我記得那一天與母親相處的每一刻，也記得我們見過哪些人，談過哪些事。就許多方面來說，那段時光非常平凡；但是就像她說的，你可以在普普通通的一分鐘裡就發現某個真正重要的東西。或許你覺得我瘋了，這一切都是我自己的幻想。但是，在我靈魂最深處，我相信一件事：我母親，在今生與來世之間的某個地方，讓我多得到了一天。那是我熱切渴望得到的一天。她那天對我說的話，我也都全部告訴你了。

我母親這麼說，我就這麼相信。

「回音是怎麼造成的？」有一次她考我。

聲音的來源停止後，那聲音仍然繼續存在著，這就叫做回音。

「什麼時候會聽見回音？」

當四周很安靜，一切聲音被吸收掉的時候。

當四周很安靜，我還是能聽見母親的回音。

如今我對於我曾經想結束自己生命這件事感到羞愧。生命是如此珍貴的東西。我那時錯了，沒有找人談話，讓對方幫助我走出絕望。你需要在身邊有親近的人。你需要給別人機會來觸碰你的心。

從那時到現在已經兩年過去。這段期間發生了很多事：我住院了，接受了治療，去了一些地方。讓我們這麼說吧，到目前為止，我在各方面都很幸運。我還活著。我沒有殺人。從那時開始，我再也沒有喝醉——儘管有些日子確實比較難熬。

關於那天晚上，我想得很多。我相信是母親救了我一命。我也相信，你的父母如果愛你，就會支持你，穩穩抱著你，在他們自己陷入漩渦的時候還把你抱得穩穩緊緊的。有時，這意味著你永遠不會知道他們忍受了多少東西，而你也許會用無情的態度對待他們；但假如你知道他們處在什麼樣的情況裡，你就不會那樣對待他們。

每一件事物背後都有一段故事。一幅畫如何掛到牆上，一個傷疤如何留在你臉上。都有故事。這些故事有時很單純，有時很艱難，而且聽了讓人心碎。但是在你自己的故事背後，永遠有你母親的故事，因為你的故事得從她那兒開始講。

因此，這是我母親的故事。

也是我的故事。

我想重新來過，用對的方式與我所愛的人好好相處。

尾聲

查爾斯（奇克）・伯納托上個月去世了——在去世之前五年，他曾經自殺未遂；在他去世之前三年的一個星期六早晨，我與他相遇。

喪禮的規模很小，來參加的只有幾個親人——包括他的前妻——加上幾個他在派普維爾灘鎮上成長過程中所結交的童年老友。他們談到往事，說以前與奇克一起爬上水塔，把自己的名字用噴漆噴在水塔上。匹茲堡海盜隊寄了一張悼念卡片來，然而他打棒球時期的同儕沒有一人到場。

他父親來了，站在教堂後面。他是個瘦削的男人，肩膀下垂，白髮稀疏。他穿著褐色西服，戴太陽眼鏡，在悼念式結束後就走了。

奇克的死因是突然中風，血栓進入腦部，可以說是當場就要了他的命。醫生推測說，他可能是在當年那場車禍中頭部受創，使得血管變得脆弱。他得年五十八歲。大家都說，走得太早了。

至於他的「故事」有哪些細節呢？我為了說這個故事，幾乎把相關細節都查遍了。確實有一場車禍在那天晚上發生在高速公路入口匝道，一輛汽車迎面撞上卡車，汽車飛過路邊堤防，撞毀廣告看板，駕駛被彈出車外，落在草地上。

也確實有一個名叫蘿絲．坦普頓的寡婦，住在派普維爾灘的立海街上。她在那場車禍後不久就去世了。還有一位瑟瑪．布萊德利小姐不久後也離開人間。當地報紙所刊載的訃聞，把她描述為「一位退休的清潔人員」。

有一張結婚證書的年份登記為一九六二年——時為伯納托夫婦離婚後一年——那是萊諾．伯納托和吉安娜．涂希啓的結婚證書，確認這兩人先前已經在義大利結為夫妻。有個名叫李奧．涂希啓的人，應該是這兩人的兒子，曾於一九六〇年代初期在柯林伍德高中註冊入學。找不到別的與他有關的紀錄。

那麼，寶琳（珀希）．伯納托呢？她死於心臟病發作，享年七十九歲。她人生的細節符合前面所說的敘述。她的家人表示，她的確幽默感十足、為人親切，富有母性的智慧。她的照片還掛在她工作過的那家美容院裡。在照片中，她穿著藍色工作罩衫，戴著一對環狀的耳環。

奇克・伯納托的最後幾年似乎過得很滿足。他賣掉了母親在派普維爾灘的房子，把賣屋所得給了女兒。後來他搬到女兒家附近一間公寓裡，與女兒重新建立感情。他們父女在每個星期六早晨有一段「甜甜圈時間」，一起喝咖啡吃煎餅，聊著過去一星期裡的事情。他不算是與凱撒琳・伯納托徹底重修舊好，不過他們算是和平相處，也經常與對方談天。

他不再當推銷員了，他在附近一個管理公園與育樂活動的中心找到一份兼職工作。他為本地主辦的球賽訂下一個規矩：每個人都有機會上場打球。

他中風一星期之後，似乎察覺到來日無多。他對身邊的人說：「別記著以前的我，只要記住後來這段時間的我。」

他葬在他母親墓地的附近。

這個故事與一個鬼魂有關，因此你也許會說，這是一個鬼故事。但，哪一個家庭不是鬼故事呢？讓別人知道那些離開了我們的人有哪些事蹟，可以使我們不至於真的失去他們。

奇克去世了，但他的故事會像河一樣流過其他人的心。它流過了我。我不認為他瘋了。我認為他真的多得到了一天，與他母親好好兒相處了一天。與你所愛的人相處一整天，可以改變一切。

我知道。我也得到過這樣的一天。那是在小聯盟球場的看台上——那樣的一天，讓我去傾聽別人，去愛人，去道歉，去原諒。而且那一天讓我在多年後做出決定，我肚子裡的這個男孩，我要——帶著光榮——把他取名為查理。

我結婚後的姓名為瑪麗亞・藍恩。

婚前，我叫做瑪麗亞・伯納托。
奇克・伯納托是我父親。
我父親這麼說，我就這麼相信。

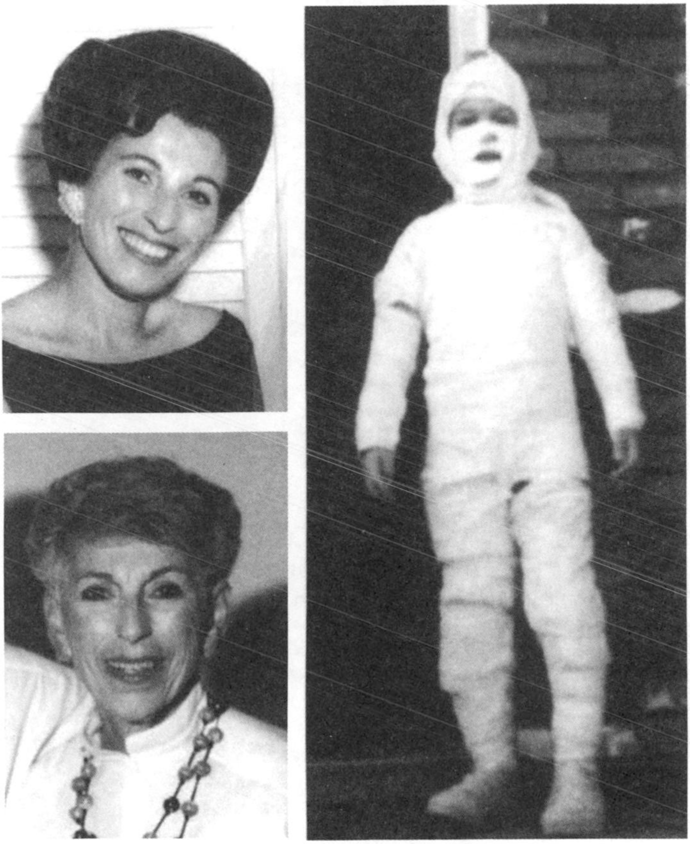

本書獻給我摯愛的蘿達·艾爾邦（Rhoda Albom），她是照片中那個扮成木乃伊的小男孩的媽媽。

國家圖書館出版品預行編目資料

再給我一天／米奇・艾爾邦(Mitch
Albom) 著；汪芸 譯. 初版.——臺北
市：大塊文化，2007【民96】
面； 公分.——(Mark；63)
譯自 For One More Day
ISBN 978-986-7059-72-7 (平裝)

874.57 96003077

105 台北市南京東路四段25號11樓

廣 告 回 信
台灣北區郵政管理局登記證
北台字第10227號

大塊文化出版股份有限公司　收

地址：□□□ ＿＿＿＿市／縣＿＿＿＿鄉／鎮／市／區
＿＿＿＿路／街＿＿段＿＿巷＿＿弄＿＿號＿＿樓
姓名：

大塊 LOCUS 文化

編號：MA 063　書名：再給我一天

大塊文化 讀者回函卡

謝謝您購買這本書，為了加強對您的服務，請您詳細填寫本卡各欄，寄回大塊出版（免附回郵）即可不定期收到本公司最新的出版資訊。

姓名：＿＿＿＿＿＿ 身分證字號：＿＿＿＿＿＿ 性別：□男 □女

出生日期：＿＿年＿＿月＿＿日 聯絡電話：＿＿＿＿＿＿

住址：＿＿＿＿＿＿＿＿＿＿＿＿

E-mail：＿＿＿＿＿＿＿＿＿＿＿＿

學歷：1.□高中及高中以下 2.□專科與大學 3.□研究所以上

職業：1.□學生 2.□資訊業 3.□工 4.□商 5.□服務業 6.□軍警公教
7.□自由業及專業 8.□其他

您所購買的書名：＿＿＿＿＿＿＿＿＿＿＿＿

從何處得知本書：1.□書店 2.□網路 3.□大塊電子報 4.□報紙廣告 5.□雜誌
6.□新聞報導 7.□他人推薦 8.□廣播節目 9.□其他

您以何種方式購書：1.逛書店購書 □連鎖書店 □一般書店 2.□網路購書
3.□郵局劃撥 4.□其他

您購買過我們那些書系：

1.□touch系列 2.□mark系列 3.□smile系列 4.□catch系列 5.□幾米系列
6.□from系列 7.□to系列 8.□home系列 9.□KODIKO系列 10.□ACG系列
11.□TONE系列 12.□R系列 13.□GI系列 14.□together系列 15.□其他

您對本書的評價：(請填代號 1.非常滿意 2.滿意 3.普通 4.不滿意 5.非常不滿意)

書名＿＿＿ 內容＿＿＿ 封面設計＿＿＿ 版面編排＿＿＿ 紙張質感＿＿＿

讀完本書後您覺得：

1.□非常喜歡 2.□喜歡 3.□普通 4.□不喜歡 5.□非常不喜歡

對我們的建議：＿＿＿＿＿＿＿＿＿＿＿＿

＿＿＿＿＿＿＿＿＿＿＿＿

＿＿＿＿＿＿＿＿＿＿＿＿

LOCUS

LOCUS

LOCUS

LOCUS